www.ingramcontent.com/pod-product-compliance
Lightning Source LLC
LaVergne TN
LVHW051108051026
849532LV00004BB/1476
* 9 7 8 9 3 5 8 7 2 9 6 7 2 *

سب کی کہانی ایک ہے

(افسانے)

(آن لائن رسالہ 'سمت' کے شماروں سے منتخب شدہ افسانے)

مرتب:

اعجاز عبید

Sab ki Kahani aik hai (Short Stories)

by: Aijaz Ubaid

Edition: January '2024

Publisher :

Taemeer Publications LLC (Michigan, USA / Hyderabad, India)

ISBN 978-93-5872-967-2

9 789358 729672

کتاب	:	**سب کی کہانی ایک ہے** (افسانے)
مرتبہ	:	**اعجاز عبید**
صنف	:	فکشن
ناشر	:	تعمیر پبلی کیشنز (حیدرآباد، انڈیا)
سالِ اشاعت	:	۲۰۲۴ء
صفحات	:	۱۲۲
سرورق ڈیزائن	:	تعمیر ویب ڈیزائن

فہرست

(۱) ٹوٹی چھت کا مکان

ایم مبین

وہ گھر میں اکیلا اور بیزار بیٹھا تھا۔

کبھی کبھی تنہا رہنا کتنا اذیت ناک ہوتا ہے۔ اکیلے بیٹھے بلا وجہ گھر کی ایک ایک چیز کو گھورتے رہنا۔

سوچنے کے لیے کوئی خیال یا موضوع بھی تو نہیں ہے کہ اسی کے بارے میں غور کیا جائے۔

عجیب و غریب خیالات و موضوع ذہن میں آتے ہیں۔ جن پر غور کر کے کچھ بھی حاصل نہیں ہو سکتا ہے۔

اس نے اپنا سر جھٹک کر سر اُٹھانے والے ان لایعنی خیالوں کو ذہن سے نکالا اور چھت کو گھورنے لگا۔

سفید دودھ کی سی چھت، بے داغ چھت، جس کے چاروں کونوں پر چار دودھیا بلب لگے تھے اور درمیان میں ایک فانوس لٹک رہا تھا۔ گذشتہ دنوں اس نے وہ جھومر مدراس سے لایا تھا اس کی قیمت پورے تیس ہزار روپیہ تھی۔

ایک فانوس تیس ہزار روپیہ قیمت، سوچ کر وہ خود ہی ہنس پڑا، گھر میں ایسی کئی چیزیں تھیں جن کی قیمت لاکھوں تک ہوتی اور اس کے علاوہ پورا مکان؟

ایک کروڑ کا نہیں تو چالیس پچاس لاکھ کا ضرور ہو گا۔ اور اس کے سامنے چالیس

پچاس لاکھ روپیہ کے مکان کی چھت تھی جسے وہ اس وقت گھور رہا تھا۔

دس بیس سالوں قبل اس نے کبھی خواب میں بھی نہیں سوچا تھا کہ اس کے سر پر چالیس پچاس لاکھ روپیوں کی چھت ہو گی۔ آج اس کی یہ حالت ہے۔

لیکن کبھی اس کے ایسے حالات تھے کہ اسے ٹوٹی چھت کے مکان میں رہنا پڑتا تھا۔

کیا وہ اس کو بھول سکتا ہے نہیں۔۔ کبھی نہیں۔۔۔۔

انسان کو جس طرح اپنے اچھے دن ہمیشہ یاد رہتے ہیں اسی طرح وہ اپنے برے دن بھی کبھی نہیں بھولتا۔ اور اس نے تو اس ٹوٹی ہوئی چھت کے نیچے پورے دو سال نکالے تھے۔ تب کہیں جا کر وہ ٹوٹی چھت بن سکی تھی۔ اس ٹوٹی چھت کے نیچے، اس کے خاندان نے کتنی تکلیفیں سہی تھیں۔ ان تکلیفوں اور اذیتوں کو وہ کبھی نہیں بھول سکتا۔

مکان، مکان کی چھت کس لیے ہوتی ہے ؟

سردی، گرمی، بارش، دھوپ، ہوا سے انسان کی حفاظت کرنے کے لیے مکان میں رہنے کی یہی تو وجہ ہوتی ہے۔

لیکن جس مکان کی چھت ہی ٹوٹی ہوئی ہو اس میں رہنا کیا معنی؟ بارش کے دنوں میں پانی گھر کو جل تھل کر دیتا ہو اور اس طرح بہتا ہو جیسے سڑک پر پانی بہہ رہا ہو۔

دھوپ سات بجے سویرے سے ہی گھر میں گھس کر جسم میں سوئیاں چبھونے لگتی ہو، دن ہو یا رات سردی جسم میں کپکپی پیدا کرتی ہو۔ تو اس چھت کے کیا معنی؟ ایسے میں کھلی سڑک پر آسمان کی چھت کے نیچے رہنا اچھا لگتا ہے، اس ٹوٹی چھت کے مکان میں رہنے کے مقابلے۔

چھت ٹوٹ گئی تھی، چھت کے ٹوٹنے پر ان کا کوئی بس نہیں تھا۔ مکان کافی پرانا ہو گیا تھا۔ دادا جی کہتے تھے میرے دادا نے یہ مکان بنایا تھا۔

گھر کی چھت اور جن لکڑیوں پر وہ چھت ٹکی تھی سینکڑوں، گرمیاں، سردیاں، بارش دیکھ چکی تھیں۔ آخر اس کی قوتِ برداشت جواب دے گئی۔ ایک دن جب گھر میں کوئی نہیں تھا۔ سب کسی نہ کسی کام سے گھر کے باہر گئے تھی، چھت گر گئی۔ کوئی جانی نقصان تو نہیں ہوا۔ لیکن ان کا سارا سنسار منوں مٹی کے نیچے دب گیا۔

بڑی محنت اور مشکل سے ماں، باپ سب بھائی بہنوں نے مل کر اس سنسار کی ایک ایک چیز کو مٹی سے باہر نکالا تھا۔ مٹی نکال کر آنگن میں ڈھیر لگایا گیا۔ گلی سڑی لکڑیوں کا ایک طرف ڈھیر لگایا گیا اور گھر کی صاف صفائی کر کے مکان کو رہنے کے قابل بنایا گیا۔

اس کے بعد دو سالوں تک اس مکان کی چھت نہیں بن سکی۔ چھت کی مٹی برسات میں بہتی رہی۔ اور گرمی سردی سے دب کر زمین پر مسطح ہو گئی۔

ساری لکڑیاں ایندھن کے طور پر استعمال ہو گئی، اور گھر میں اس کے خاندان کے افراد کے ساتھ گرمی، سردی، بارش کا بسیرا ہو گیا۔

پتاجی کی اتنی آمدنی نہیں تھی کہ چھت بنائی جا سکی۔ جو کچھ کماتے تھے اس میں مشکل سے ان کا گھر چلتا تھا، اور ان کی تعلیم کے اخراجات پورے ہو پاتے تھے۔

یہ جان کر ہی گھر کے ہر فرد نے اس ٹوٹی چھت کے ساتھ سمجھوتہ کر لیا تھا۔ اور چار دیواری میں رہ کر بھی بے گھر ہونے کی ہر اذیت کو چپ چاپ برداشت کر رہے تھے۔ اس کے بعد وہ ٹوٹی چھت اس وقت بن پائی جب پتاجی نے اپنی زمین کا ایک ٹکڑا بیچ ڈالا۔

آج جب وہ اس بارے میں سوچتا ہے تو اسے ایسا لگتا ہے شاید بھگوان نے اس ٹوٹی ہوئی چھت کے نیچے صبر سے رہنے، کسی طرح کی کوئی شکایت و گلہ نہ کرنے کا صلہ اسے اس چھت کی شکل میں دیا۔ اگر وہ شہر کے کسی بھی فرد کو بتاتے کہ وہ شہر کے کس حصے میں

اور کس عمارت میں رہتا ہے تو وہ اس کے نصیب سے حسد کرنے لگی۔

اس علاقے میں بنی عمارتوں میں رہنے کا لوگ صرف خواب دیکھتے رہتے تھے۔ لیکن وہ وہاں رہ رہا تھا۔ ایک ایسی چھت کے نیچے جس کا نام سُن کر ہی ہر شخص آسانی سے اس کے رتبہ اور حیثیت کا پتہ لگا لیتا ہے۔

وہ چھت جو اسے اور اس گھر کے افراد کو، گرمی، سردی، بارش سے بچاتی ہے۔ بچاتی کیا ہے یہ موسم اس مکان میں داخل ہونے سے رہا۔ اس کے گھر کے اپنے موسم جن پر اس کا، اس کے گھر والوں کا اختیار ہے یہ ان کے بس میں ہیں موسموں کا گھر پر کوئی بس نہیں ہے۔

باہر شدید گرمی ہے اندر ائر کنڈیشنر چل رہا ہے اور کشمیر سا موسم چھایا ہوا ہے۔

باہر سردی ہے۔

لیکن پورا مکان اپنے اندر میٹھی تپش لیے ہوئے ہے۔ ہوائیں اپنے بس میں ہیں۔

ہر چیز پر اپنا اختیار ہے۔

دروازے پر آٹو میٹک تالا ہے۔

گھر کے افراد کے لمس کے بنا نہیں کھل سکتا۔

فرش پہ ایرانی قالین بچھا ہے۔ ڈرائینگ روم ایک منی تھیٹر کی طرح ہے جہاں ڈسکوری چینل کئی ۲۱ فٹ کے پردے پر دکھائی دیتا ہے۔

پوری بلڈنگ میں با حیثیت لوگ رہتے ہیں بلکہ کچھ تو اس سے بڑھ کر ہیں۔ گپتا جی کا ایکسپورٹ کا بزنس ہے۔

متل جی ایک چھوٹے سے انڈسٹریل گروپ کے مالک ہیں۔

شاہ شہر کا ایک نامی گرامی فینانسر ہے۔

نگم ایک بہت بڑا سرکاری آفیسر ہے۔

ہر کوئی ایک دوسرے سے بڑھ کر ہے۔

یہ الگ بات ہے کہ وہ ایک دوسرے کو کتنا جانتے ہیں یا ایک دوسرے کے لئے کتنے اجنبی ہیں، یہ تو وہ لوگ بھی نہیں بتا سکتے۔ جب ان کے گھر موقع بے موقع کوئی پارٹی ہو تو وہ ایک دوسرے کے گھر جا کر اس بات سے واقف ہوتے ہیں کہ ان کے گھر میں کیا کیا نئی چیزیں آئی ہیں۔ جو اب تک ان کے گھروں میں نہیں آپائی ہیں اور پھر وہ چیز سب سے پہلے لانے کے لئے رسہ کشی شروع ہو جاتی اور کچھ دنوں کے بعد ہر گھر کے لئے وہ چیز عام سی شے بن جاتی۔

سیڑھیاں چڑھتے ہوئے، سیڑھیاں اترتے ہوئے یا لفٹ میں کوئی مل جاتا ہے تو وہ اخلاقاً اس سے بات کر لیتے۔

ان کی خوشیاں تو اجتماعی ہوتی ہیں۔ ایک دوسرے کی خوشیوں میں سبھی شامل ہوتے ہیں، لیکن ان کے غم میں ان کے اپنے ہوتے ہیں۔ غموں میں دکھوں میں کوئی بھی کسی کو تسلی دینے بھی نہیں جاتا اپنے دکھ انہیں خود ہی جھیلنے ہوتے ہیں۔ وہ دس دنوں تک اسپتال میں رہا تو بھی کسی کو کانوں کان خبر نہیں ہو سکی۔ نہ تو اس کے گھر والوں نے کسی کو بتایا کہ شاہ کہاں ہے اور نہ اتنے دنوں تک شاہ کی کمی محسوس ہوئی۔ اگر معلوم ہو بھی جاتا تو وہ کیا کر لیتے؟

اخلاقاً اسپتال جا کر شاہ کی خیریت پوچھ آتے اور آنے جانے میں جو قیمتی وقت برباد ہوتا اس کے لئے بھی شاہ کو کوستے۔

اس بات کو ہر کوئی جانتا اور سمجھتا تھا کہ ہر کسی کا وقت قیمتی ہے اس لئے ایک

دوسرے کو اپنی ایسی باتوں کا پتہ لگنے ہی نہیں دیتے تھے، نہ خبر کرتے تھے جس سے دوسروں کا قیمتی وقت برباد ہو۔

متل پر حملہ کر کے غنڈوں نے اس کا سوٹ کیس چھین لیا جس میں تقریباً دس لاکھ روپے تھے۔ یہ خبر بھی انہیں دو دن بعد معلوم ہوئی جب انہوں نے اخبار میں اس کے متعلق پڑھا۔ دو دنوں تک متل نے بھی کسی کو یہ بات بتانے کی ضرورت محسوس نہیں کی۔

گپتا جی کا اکسیڈینٹ ہو گیا، انہیں کافی چوٹیں آئیں۔ دس دنوں تک وہ اسپتال میں رہے اور انہیں پانچ دنوں بعد گپتا کے ساتھ ہونے والے حادثے کا پتہ چلا۔

وہ دس منزلہ اونچی عمارت تھی۔ ہر فلور پر ایک خاندان اور کہیں کہیں دو تین خاندان آباد تھے۔ مگر برسوں بعد پتہ چلتا تھا کہ پانچویں فلور پر کوئی نئی فیملی رہنے کے لئے آئی ہے۔ پانچویں فلور کا سنہا کب فلیٹ چھوڑ گیا معلوم ہی نہیں ہو سکا۔ ہر کسی کی زندگی، گھر، خاندان اور زیادہ سے زیادہ ان کے فلور تک محدود تھی۔

اس کے بعد اپنا بزنس دنیا بس اتنی ہی تھی۔ بس انہی دو نقطوں تک محدود تھی۔ باہر کی دنیا سے انہیں کچھ لینا دینا نہیں

تھا۔

اچانک وہ حادثہ ہو گیا۔

شاہ کے گھر ڈاکہ پڑا۔

لٹیرے شاہ کا بہت کچھ لوٹ کر لے گئے۔ اس کی بیوی اور بیٹی کا قتل کر دیا۔ شاہ کو مار مار کر ادھ مرا کر دیا۔ جس کی وجہ سے وہ کوما میں چلا گیا۔

دونوکروں کو بھی مار ڈالا، واچ مین کو زخمی کر دیا اور لفٹ مین کے سر پر ایسی چوٹ لگی کہ وہ پاگل ہو گیا۔

اتنا سب ہو گیا لیکن پھر بھی کسی کو کچھ پتہ نہیں چل سکا۔

سویرے جب واچ مین کو ہوش آیا تو اس نے شور مچایا کہ رات کچھ لٹیرے آئے تھے اور انہوں نے اسے مار کر زخمی کر دیا۔

لفٹ مین لفٹ میں بے ہوش ملا اور شاہ کا گھر کھلا تھا۔ اندر گئے تو زخمی شاہ اور اس کے خاندان والوں کی لاشیں ان کا انتظار کر رہی تھیں۔

تفتیش کے لئے پولس کو بلایا گیا تو پولس کی ایک پوری بٹالین آئی اور اس نے پوری بلڈنگ کو اپنے گھیرے میں لے لیا۔ پہلے بلڈنگ کے ہر فرد کو بلا کر پوچھ تاچھ کی جانے لگی۔

جب یہ واقعہ پیش آیا تو آپ کیا کر رہے تھے؟ اس واقعے کا پتہ آپ کو کب چلا؟ آپ کے پڑوس میں آپ کی بلڈنگ میں اتنی بڑی واردات ہو گئی اور آپ کو پتہ تک نہ چل سکا؟ آپ کے شاہ سے کیسے تعلقات تھے؟ کیا کسی نے شاہ کے گھر کی مخبری کی ہے؟ بنا مخبری کے لٹیرے گھر میں گھس کر چوری کرنے کی جرأت کر ہی نہیں سکتے۔

گھر کے بڑے لوگوں سے پوچھ تاچھ کر کے بھی پولس کی تسلی نہیں ہوئی تو ہر گھر میں گھس کر گھر کے ہر چھوٹے بڑے، بوڑھے بچے، عورت مرد سے پوچھ تاچھ کرنے لگی اور گھر کی ایک ایک چیز کو الٹ پلٹ کر کے دیکھنے لگی۔

اس کے بعد بلڈنگ کے ہر فرد میں سے ایک دو کو پولس چوکی پر بلا کر اسے ایک دو گھنٹے پولس چوکی میں بٹھایا جاتا اور اس سے عجیب و غریب سوالات کئے جاتے۔ کبھی کبھی بھیانک شکل و صورت والے چور بدمعاشوں کے سامنے لے جا کر کھڑا کر دیا جاتا اور پوچھا جاتا۔

"کیا انہیں پہچانتے ہو، انہیں کبھی بلڈنگ کے آس پاس دیکھا ہے؟" کبھی کبھی ان

بدمعاشوں کو لے کر پولس خود گھر پہنچ جاتی اور گھر کی عورتوں، بوڑھوں اور بچوں کو انہیں دکھا کر ان سے الٹے سیدھے سوالات کرتی۔ جب رات وہ آفس سے واپس آتے تو خوفزدہ عورتیں اور بچے انہیں پولس کی آمد کی اطلاع دیتے۔ ایک دن پولیس کا ایک دوسرا دستہ دندناتا ہوا بلڈنگ میں گھس آیا اور ہر گھر کی تلاشی لینے لگا۔

"ہمیں شک ہے کہ اس واردات میں اسی عمارت میں رہنے والے کسی فرد کا ہاتھ ہے اور چرایا گیا سامان اسی عمارت میں ہے اس لیے ہم پوری عمارت کی تلاشی کا وارنٹ لے کر آئے ہیں۔"

پولیس کے پاس سرچ وارنٹ تھا۔

ہر کوئی بے بس تھا۔ پولیس سرچ کے نام پر ان کا قیمتی سامان توڑ پھوڑ رہی تھی اور ہر چیز کے بارے میں طرح طرح کے سوالات کر رہی تھی۔ تلاشی کے بعد بھی پولیس مطمئن نہیں ہوئی۔

ہر منزل کے ایک ایک دو دو آدمی کو بیان لینے کے نام پر پولیس اسٹیشن لے گئی اور بلاوجہ چار چار پانچ پانچ گھنٹے انہیں تھانے میں بٹھائے رکھا۔

کیا کیا سامان چوری ہوا ہے اس بارے میں تو پولیس بھی ابھی تک طے نہیں کر پائی تھی۔

اس بارے میں معلومات دینے والا شاہ کوما میں تھا۔

اس کی بیوی، بیٹی اور نوکر مر چکے تھے۔ دو بیٹے جو الگ رہ رہے تھے اس بارے میں یقین سے کچھ بتا نہیں پاتے تھے۔

عمارت کے باہر پولیس کا سخت پہرہ بٹھا دیا گیا۔

چار سپاہی ہمیشہ ڈیوٹی پر رہتے۔

رات کو وہ کبھی بھی بیل بجا کر دہشت زدہ کر دیتے۔

دروازہ کھولنے پر صرف اتنا پوچھتی۔ "سب ٹھیک ہے نا؟"

"ہاں ٹھیک ہے۔" جواب سن کر وہ آگے بڑھ جاتے مگر رات کی میٹھی نیند خراب کر دیتے۔

کوئی کچھ نہیں بول پاتا تھا۔ چپ چاپ سب برداشت کر لیتے۔

پولیس اپنا فرض جو ادا کر رہی تھی۔

ہر کوئی اس نئی مصیبت سے پریشان تھا۔

ہر کوئی عزت دار، رسوخ والا آدمی تھا۔

یہ طے کیا گیا کہ ایک وفد پولیس کمشنر سے بات کرے کہ وہ وہاں سے پولیس کا پہرہ ہٹالی، اور پولیس کو حکم دیں کہ وہ انھیں اس طرح وقت بے وقت تنگ نہ کریں، یعنی نہ انھیں پولیس اسٹیشن لائیں نہ ان کے گھر آئیں۔

سبھی اس کے لئے تیار ہو گئے۔

کیونکہ ان باتوں سے ہر کوئی پریشان تھا۔

کمشنر سے ملنا اتنا آسان نہیں تھا، لیکن متل نے کسی طرح انتظام کر ہی دیا انھوں نے اپنے مسائل کمشنر کے سامنے رکھے۔

وہ چپ چاپ ہر کسی کی بات سُنتا رہا۔

جب اس کی باری آئی تو ان پر بھڑک اُٹھا۔

"آپ شہر کے عزت دار، شریف اور دولت مند لوگ مجھ سے کہہ رہے ہیں کہ میں پولیس کے کاموں میں دخل دوں۔ آپ معاملے کی سنگینی کو سمجھتے نہیں پورے چار قتل ہوئے ہیں چار قتل۔ اور لٹیرے کیا کیا چرا لے گئے ابھی تک پوری طرح معلوم نہیں ہو

سکا۔ چاروں طرف سے پولیس کی بدنامی ہو رہی ہے، الزامات کی بھرمار ہے۔ ہر ایرا غیرا آ کر پوچھتا ہے کہ شاہ ڈکیتی کے معاملے میں پولیس نے کیا اقدام اٹھائے ہیں۔ اور تفتیش کہاں تک پہونچی ہے۔ ہر کسی کو جواب دینا پڑتا ہے۔ اخباروں نے تو معاملے کو اتنا اُچھالا ہے کہ وزیرِ اعظم بھی پوچھ رہے ہیں کہ شاہ ڈکیتی کے مجرم ابھی تک گرفتار کیوں نہیں ہوئے ہیں۔ اس لیے پولیس اپنے طور پر جو کچھ کر رہی ہے یہ اس کا فرض اور طریقہ کار ہے۔ پولیس اپنے طور پر مجرموں تک پہنچنے کی پوری کوشش کر رہی ہے، اور آپ کہہ رہے ہیں کہ میں پولیس کو اپنا کام کرنے سے روکوں؟ آپ ملک کے عزّت دار، با اخلاق شہری ہیں پولیس کی مدد کرنا آپ کا فرض ہے۔ اور آپ لوگ پولیس کے کاموں میں دخل دینا چاہتے ہیں۔ سوچئے کیا یہ درست ہے؟ میرا آپ کو مشورہ ہے آپ جایئے پولیس کی مدد کیجئے اور پولیس کو اپنے طور پر کام کرنے دیں اس کی تحقیقات میں ٹانگ نہ اڑائیں۔

سب اپنا سا منہ لے کر اپنے اپنے گھر آ گئے۔

شام کو پھر بلڈنگ میں پولیس آئی۔

انسپکٹر کا پارہ ساتویں آسمان پر تھا۔

"ہماری شکایت لے کر پولیس کمشنر صاحب کے پاس گئے تھے؟ ہم نے تم لوگوں کے ساتھ کیا کیا؟ جو تم نے کمشنر سے ہماری شکایت کی۔ تم لوگوں کو ہم شریف لوگ سمجھ کر شرافت سے پیش آ رہے تھے۔ ورنہ اگر ہم نے پولیس کا اصلی روپ دکھایا تو تم لوگ اپنی زندگی سے پناہ مانگو گی۔ میں اس معاملے میں سب کو اندر کر سکتا ہوں۔ قانون کو ہاتھ میں لینے کی کوشش مت کرو۔ قانون کے ہاتھ بہت لمبے ہوتے ہیں۔"

وہ انسپکٹر کی ان باتوں کا کیا جواب دے سکتے تھے۔ چپ چاپ اس کی باتیں سن گئے اور اپنی بے عزتی سہہ گئے۔

پولیس کی اپنے طور پر تفتیش شروع ہوئی۔

وہ اس بار پوچھ تاچھ کچھ اس طرح کر رہے تھے جیسے عادی مجرموں کے ساتھ تفتیش کر رہے ہوں۔

خون کا گھونٹ پی کر وہ پولیس کی زیادتیوں کو برداشت کرتے، جہاں ان سے کوئی غلطی ہوتی پولیس والے انھیں گندی گندی، فحش، بھدی گالیاں دینے لگتے۔

آدھی رات کو دروازہ، کھٹکھٹا کر گھر میں گھس کر ہر چیز کا جائزہ لینا پولیس کا معمول تھا۔

گیٹ کے پاس کھڑے سپاہی ہر چیز کو شک کی نظروں سے دیکھتے اور بلا وجہ ہر چیز کی تلاشی لے کر ان کے بارے میں اُلٹے سیدھے سوالات کرتے۔

بلڈنگ کی لڑکیوں اور عورتوں کو ہوسناک نظروں سے دیکھتے۔ انھیں دیکھ کر فقرے کستے اور انھیں متوجہ کرنے کے لیے آپس میں فحش باتیں کرنے لگتے۔

فحش کتابیں پڑھتے رہتے اور ان کی گندی تصویروں کو اس انداز میں پکڑے رہتے کہ بلڈنگ کی عورتوں کی نظریں ان پر پڑ جائیں۔

یہ سب جیسے زندگی کا معمول بن گیا تھا۔

رات کے بارہ بج رہے تھی۔ دروازے پر دستک دے کر پولیس جا چکی تھی۔

لیکن پھر بھی اس کی آنکھوں میں نیند نہیں تھی۔

اسے اندازہ تھا پوری بلڈنگ میں ہر گھر کا کوئی نہ کوئی فرد اسی کی طرح جاگ رہا ہو گا۔ بے خوابی کا شکار ہو گا۔

سب کی حالت اس کی سی تھی۔

بار بار اس کی نظریں چھت کی طرف اُٹھ جاتی تھی۔

کیا اس چھت کے نیچے وہ محفوظ ہیں؟

اسی طرح کی ایک چھت کے نیچے شاہ کا خاندان کہاں محفوظ رہ سکا۔ پھر آنکھوں کے سامنے اپنی ٹوٹی چھت کا مکان گھوم جاتا تھا۔ اس چھت کے نیچے سردی میں ٹھٹھر کر، بارش میں بھیگ کر، ہواؤں کے تھپیڑے سہہ کر بھی وہ اپنے گھر والوں کے ساتھ گہری میٹھی نیند سو جاتا تھا۔

لیکن اس چھت کے نیچے۔۔۔۔!

(۲) دوسری ناہید

حمید قیصر

مجھے فلمی دنیا کے گورکھ دھندوں میں بھٹکتے ہوئے ایک عرصہ ہو چلا تھا اور اس جنون کو کسی بھی پَل قرار نہ ملتا تھا۔ صبح جلد بیدار ہونا اور رات کو جلد گھر لوٹنا فلمی دنیا کے نصاب میں ہی نہ تھا۔ اس لئے فلمی مدرسے اور اس کے نصاب نے اب تک شادی جیسی کل وقتی مشقّت سے دور رکھا تھا۔ جو لوگ فلمی دنیا کے اسرار و رموز سے آگاہ ہیں وہ یہ بھی جانتے ہوں گے کہ اس دنیا میں فلم ڈائریکٹر اور آرٹسٹ سے لے کر ٹی بوائے تک سب کے سب روزانہ اپنے حصے کی کمائی جیب میں ڈال کر گھر جاتے ہیں۔ یا پھر ادھار کھاتے چلاتے ہیں۔ میں کالج کے بعد اپنی ابتدائی عملی زندگی کا بیشتر حصّہ فلمی دنیا کی نذر کر چکا تھا اور مجھے اس میدان میں بہت سے اچھے بُرے لوگ ملے تھے لیکن جب تجمّل سے دوستانہ ہوا تو ہم اس دنیا میں ایک سے گیارہ ہو گئے اور شہر کے ممتاز فلم سٹوڈیوز میں پہلی بار باضابطہ دفتر بنا کر ہوائی روزی کمانے لگے۔ یہ پاکستان فلم انڈسٹری کے عروج کا وہ زمانہ ہے جب موبائیل فون ابھی نہیں آئے تھے اور کمپیوٹر ابھی عام نہیں ہوئے تھے۔ ہمارا کام سٹوڈیو میں زیرِ تکمیل فلموں کے لئے لگائے گئے سیٹوں پر فلمی وی نٹس کو انواع و اقسام کی تکنیکی سہولتیں فراہم کرنا تھا۔ کام کی زیادتی کے دنوں میں ہمیں اکثر رات بھر بھی کام کرنا پڑتا تھا۔ میرا تو آگے پیچھے کوئی تھا نہیں مگر تجمّل کی ہمیشہ شامت آئی رہتی۔ جب بھی فون کی گھنٹی بجتی، میں تجمّل کو چھیڑتا "لو آگئی تمہاری سختی۔۔۔" اور وہ جب بھی فون اٹھاتا تو دوسری طرف بیوی اسکی خبر گیری شروع کر

دیتی۔

اب تجمّل کے بارے میں، میں آپ کو کیا بتاؤں۔یوں تو اس کی عمر بیالیس سال تھی مگر اس نے اپنے بانکپن کو بڑھاپے جیسی بیماری سے اب تک بچا رکھا تھا۔یہ شادی بھی اس کی دوسری تھی اور تھی بھی محبت کی۔ جبھی تو تجمّل کو گھر سے باہر رات گزارنا مشکل ہو جاتا۔پرلے درجے کا عاشق مزاج اور دل پھینک قسم کا انسان واقع ہوا تھا، جس کا خمیازہ اکثر مجھ کو ہی بھگتنا پڑتا۔۔۔۔ فلم انڈسٹری میں اس کی آمد کے پیچھے بھی کچھ ایسے ہی عوامل کارفرما تھے۔ تھوڑے ہی عرصے میں مجھے اندازہ ہو گیا کہ تجمّل کے پاس ضرور کوئی "گیدڑ سِنگی" ہے۔ جس نے اسے بہت ہی "چالو" بنا ڈالا ہے۔یا پھر اسکی شخصیت میں ایسی مقناطیسّیت ہے کہ جسے چاہے اپنی طرف کھینچ لے۔ پوری فلم انڈسٹری میں شیطان کی مانند مشہور تھا۔ آدمی تھا بڑے کام کا مگر چکمہ دینے پر آتا تو اس کا کوئی ثانی بھی نہ تھا اور تو اور اکثر مجھے بھی گولی کرا جاتا۔یوں انتہائی مصروفیت کے دنوں میں، میں بیٹھا ایمر جنسی کا لیس بھگتا اور تجمّل میاں مزے سے گلچھرے اُڑاتے پھرتے۔ اگلے روز ایسی زوردار کہانی اُگلتے کہ کوئی فلمی کہانی کار کیا لکھے گا۔۔۔؟اس کے ساتھ ساتھ، اس جی دار انسان میں اس قدر خوبیاں تھیں کہ ہر شے پہ بھاری تھیں۔"کام کرو مگر زندگی بھی انجوائے کرو "۔یہ اس کی زندگی کا بنیادی ماٹو تھا۔

تجمّل کی دوسری بیوی سے شاید میں ایک آدھ بار ہی ملا تھا۔پہلی بار اس وقت جب ابتدائی دنوں میں تجمّل نے مجھے کھانے پر بلایا تھا۔اس کی بیوی ناہید نہایت خوش شکل ، سگھڑ اور تعلیم یافتہ تھیں اور تجمّل سے عمر میں پورے دس سال چھوٹی تھیں۔اس روز کھانا اس قدر اچھا بنایا تھا کہ نہ چاہتے ہوئے بھی تعریف کرنا پڑی اور دوسری بار کسی ایمر جنسی میں تجمّل کو لینے آئیں تھیں۔۔۔۔اس کے علاوہ ان سے جب بھی کبھی بات ہوئی، ٹیلی

فون پر ہی ہوئی، پہلے پہل ناہید صرف تجمّل کا پوچھتیں اور فون رکھ دیتیں۔ پھر کبھی کبھی کوئی پیغام بھی دے دیتیں کہ آئیں تو کہیں گھر فون کر لیں۔ وغیرہ۔۔۔۔ وغیرہ۔" یہاں تک کہ ناہید کی معمول کی گفتگو سے مجھے یہ اندازہ ہونے لگا جیسے اسے تجمّل پر شک سا ہو گیا ہے۔ اکثریوں جیسے کچھ کہنا چاہتی ہو، کچھ پوچھنا چاہتی ہو مگر ہمت نہ کر پاتی ہو اور سچی بات تو یہ ہے کہ میں دونوں میاں بیوی کے معاملے میں خواہ مخواہ الجھنا نہیں چاہتا تھا۔ یوں بھی عائلی زندگی کا میرا تجربہ تو بالکل ہی صفر تھا۔

ایسے ہی مصروفیات کے دنوں میں ایک دوپہر کو ناہید کا فون آیا، پہلے پوچھا" تجمّل ہیں۔۔۔۔؟" میں نے کہا" حسبِ معمول کام پر ہیں 'ساتھ والے سٹوڈیو میں ٹیم کے ساتھ لائٹنگ کروا رہے ہیں،۔۔۔۔ خیریت؟" تھوڑی دیر خاموشی رہی، پھر غیر متوقع طور پر کہنے لگیں۔"نوید صاحب ! آپ ان کے دوست ہیں اور کام بھی اکٹھے کرتے ہیں ۔۔۔۔مگر آپ انہیں سمجھاتے کیوں نہیں ۔۔۔۔؟"میں نے پوچھا کیا ہوا ،خیریت۔۔۔۔؟"کچھ دنوں سے تجمّل بالکل بدلے بدلے سے ہیں۔کام سے گھر آکر اکثر باہر چلے جاتے ہیں اور پھر آدھی رات کو لوٹتے ہیں"۔ میں نے کہا" آپ پریشان نہ ہوں۔ تجمّل کی کوئی بھی بات مجھ سے چُھپی ہوئی نہیں۔ پھر بھی میں کسی مناسب وقت بات کروں گا۔ آپ تسلی رکھیں۔" اور فون بند ہو گیا۔ میں نے اس رویے کو غیر اہم اور وقتی جان کر تجمّل سے کوئی تذکرہ نہ کیا۔ ویسے بھی کام کی زیادتی کی وجہ سے ہماری آپس کی گفتگو کم ہی ہوا کرتی۔ دن کو گرمی کی وجہ سے شام اور رات کو کام زیادہ ہوتا۔ سٹوڈیو کی شامیں اور راتیں نسبتاً زیادہ رنگین اور شاندار ہونے لگیں ۔۔۔۔ چھل پہل بڑھ گئی۔ دن قدرے ویران اور سُنسان سے رہنے لگے مگر رابطے اور بکنگ کے لئے دفتر کھلا رہتا تھا اور کوئی نہ کوئی فون اٹینڈ کرنے کے لئے ضرور ہوتا۔ تقریباً ہفتہ بھر

ناہید کا فون نہ آیا۔ پھر ایک کڑکتی دوپہر 'میں رَت جگے کی وجہ سے کرسی پر اُونگھ رہا تھا۔ تجمّل ابھی نہیں آیا تھا۔ اچانک فون کی گھنٹی نے مجھے جھنجھوڑا۔ جلدی سے فون اٹھایا تو دوسری طرف ناہید کو پریشانی میں مبتلا پایا۔

"نوید صاحب! وہ کہاں ہیں؟"

مجھ سے کوئی جواب نہ بن پڑا "اجی وہ معلوم نہیں ابھی تک آئے نہیں دفتر"

"آپ کی تجمّل سے کوئی بات ہوئی۔۔۔؟"

ایک تو میں ویسے بھی اس اچانک حملے کے لئے تیار نہ تھا اور ناہید کے اس سوال کا معقول جواب بھی میرے پاس نہ تھا۔ میں نے کہا" شاید بازار سے دفتر کے لئے سامان خرید کر آتے ہی ہونگے۔۔۔"

"ہاں آپ اپنے دوست کی خوب طرفداری کرتے ہیں مگر اسے سمجھاتے نہیں۔ "اب میں خاموش!

"اور۔ دیکھیں آپ بھی تو ہیں۔۔۔ خوش شکل اور جوان ہیں، شادی بھی نہیں کی، ہر وقت کام پر رہتے ہیں، تجمل سے چھوٹے ہیں، مگر انتہائی ذمہ دار۔ آپ کے بارے میں کبھی کسی سے کوئی ایسی ویسی بات بھی نہیں سنی! مجھے آپ سے بس یہ شکایت ہے کہ آپ اپنے دوست کو سمجھاتے نہیں" ناہید دوبارہ بولی

"لیکن اس قدر بے خبر بھی نہیں کہ آپ اپنے دوست کے بارے میں کچھ نہ جانتے ہوں۔؟" میں نے کہا

"کیا مطلب میں سمجھا نہیں۔۔۔؟" جواب آیا

"آپ کے دوست آج کل سٹوڈیو کی کسی نئ تتلی کے عشق میں مبتلا ہیں اور آپ کو کوئی پتہ ہی نہیں۔۔۔" ناہید کے شک نے سچ کا رُوپ دھار لیا تھا مگر میں نے سمجھانے

کے انداز میں کہا۔۔

"ناہید آپ فکر نہ کریں، اگر ایسی ویسی کوئی بات ہے بھی تو آج اس کا فیصلہ ہو جائے گا۔ ذرا آ لینے دیں تجمّل کو میں پوچھتا ہوں اس سے۔ آپ خواہ مخواہ جھگڑا کر کے اپنے گھر کا ماحول خراب نہ کریں" پھر بولیں۔

"نہیں میں ایک دن اُسے رنگے ہاتھوں پکڑواؤں گی۔ بس ذرا موقع کی تلاش میں ہوں۔" یہ کہتے ہوئے غصے میں فون بند کر دیا گیا۔ اس روز تجمّل دیر سے آیا گاڑی سامان سے لدّی پھنّدی تھی۔ اور تجمّل سارے کا سارا پسینے میں شرابور' مجھے پہلی بار اس کی حالت پر بہت پیار آیا کہ بیچارہ کتنا محنتی اور ذمہ دار ہے لیکن ناہید اسکے بارے میں جانے کیا کیا گمان کرتی ہے؟ یہ سوچتے ہوئے میں بھی گاڑی سے سامان اتارنے لگا۔ کیونکہ اس کے فوراً بعد برابر کے سٹوڈیو میں نئی فلم کے سیٹ پر کام شروع ہونا تھا۔ میں نے کینٹین کے چھوٹے کو بلایا اور چائے بسکٹ کا آرڈر دے کر تجمّل سے گپ شپ شروع کر دی۔

"یار تم نے اچھا کیا ایڈوانس میں سامان لے آئے ورنہ اگلے دو دنوں میں خاصی مشکل ہوتی" میں نے کرسی سے ٹیک لگاتے ہوئے کہا "ہوں میں نے کل رات ہی لسٹ بنا لی تھی، مجھے پتہ تھا دونوں فلموں کے سیٹ لگنے ہیں" تجمّل نے پانی کا گلاس حلق میں انڈیلتے ہوئے کہا

"یار وہ گھر سے ناہید کا فون آیا تھا، تمھارے بارے میں آج کل خاصی پریشان ہے، گھر پر وقت نہیں دے رہے کیا؟ میں نے یونہی بات چھیڑی۔

"تمھیں کیا معلوم یہ بیویاں کس قدر شکّی مزاج ہوتی ہیں، اگر تمھاری بھی کوئی ہوتی تو پوچھتا" وُہ ہنستے ہوئے بولا

"بھئی! میں تو ابھی تک اس نعمت سے محروم ہوں" میں نے قہقہہ لگایا

"کہیں تو شادی کے لئے دعا کر دوں ؟" تجمّل نے چھیڑ کے انداز میں کہا "نا بھئی ! میرے لئے یہ بد دعا تم رہنے ہی دو ؟ ہم دونوں ہنسنے لگے۔ ہوٹل والا منّا چائے بسکٹ کی ٹرے رکھ کر جانے کے لئے مڑا تو تجمّل نے اسے پانی لانے کے لئے جگ پکڑا دیا۔

"یار ویسے یہ چکر کیا ہے ناہید کیوں شک و شبہ میں مبتلا نظر آتی ہے ؟" میں نے کُریدا۔

"کچھ نہیں یار ! تم نے سنا نہیں "بد نال بد نام بُرا" ذرا کوئی خوبصورت لڑکی پاس سے گزر جائے تو ناہید کو جیسے دورہ سا پڑھ جاتا ہے آسماں سر پر اٹھا لیتی ہے " تجمّل صفائی پیش کرنے لگا

"پھر بھی کچھ تو ہو گا نا جس پر ناہید اتنی سیخ پا ہے "میں نے چائے کا گھونٹ لیتے ہوئے پوچھا

"یار وہ نہیں شنّو ڈانسر جسے بھٹی نے نئی فلم کے لئے انگیج کیا ہے ؟

گھر پر اسکا فون کیا آ گیا کہ ناہید میری جان کو ہٹلر ہو گئی " تجمّل نے سارا سچ اُگل دیا۔

"ارے واہ شنو کو بھی پٹا لیا؟ مان گئے استاد، چاروں اور یونہی تو نہیں چرچے تمھاری گیدڑ سِنگی کے ؟؟"میں نے اس کو رشک بھری نظروں سے دیکھتے ہوئے کہا۔

"ارے یار ! پرسوں لیٹ نائیٹ شوٹنگ کے بعد گھر تک لفٹ کیا دے دی کہ شنّو تو پیچھے ہی پڑ گئی پتہ نہیں گھر کا نمبر کہاں سے ہاتھ آ گیا کمبخت کے ضرور گمّی نے دیا ہو گا، اپنے نمبر ٹانکنے کے لئے آ لینے دو سالے کو ابھی پوچھتا ہوں !" تجمل نے دانت پیستے ہوئے کہا۔

" مگر استاد تم تو " نو لفٹ وِدھ آؤٹ گفٹ " کے قائل ہو پھر یہ لفٹ ؟؟ " میں نے اسے استفہامیہ نظروں سے گھورا۔

"یار سمجھا کرو ناں !!" تجمّل نے کچھ ایسے انداز میں کہا کہ میری ہنسی چھوٹ گئی۔

آئندہ چند روز ہماری ٹیم کے لئے بے حد مصروف تھے۔ لگاتار کام بک تھا اِن ڈور شوٹنگ کے سیٹ لگنے تھے اس لئے رات دن لگاتار کام تھا۔ اس روز بھی میں حسبِ معمول آفس میں ٹیلی فون ڈیوٹی پر ڈائجسٹ کی کسی مہماتی کہانی میں الجھا تھا کہ فون کی گھنٹی نے چونکا کر دیا۔ فون اٹھایا تو دوسری جانب ناہید تھی۔

" دیکھا میں نا کہتی تھی کہ ایک دن آپکے دوست کو رنگے ہاتھوں پکڑاؤں گی آج آپ بھی دیکھیں گے کہ میں اسکے ساتھ کیا سلوک کرتی ہوں میں دس منٹ میں ٹیکسی لیکر پہنچ رہی ہوں تیار رہئے گا" اور ٹھک سے فون بند۔

میں اس عجیب و غریب صُورت حال سے سخت پریشان، جانے آج تجمّل کی شامتِ اعمال کیا گُل کھلاتی ہے؟ لگتا ہے تجمّل کے ساتھ ساتھ آج بیچاری شنّو کی بھی خیر نہیں اب اگر میں جاؤں تب مصیبت، نہ جاؤں تب بھی عذاب، کیا کروں؟ ابھی میں اسی تذبذب میں تھا کہ باہر ٹیکسی کا ہارن بجا۔ میں نہ چاہتے ہوئے بھی اٹھ کھڑا ہوا اور آفس بند کر کے ناہید کے ساتھ ہو لیا۔

ناہید نے راستے بھر مجھ سے کوئی بات نہ کی مگر جب بیچارے ٹیکسی ڈرائیور کو اِدھر اُدھر مڑنے کا کہتی تو یوں محسوس ہوتا اگر ذرا بھی غلطی کی تو جان سے مار دے گی میں سخت الجھن میں تھا۔ طے شدہ پروگرام کے مطابق اس وقت تجمّل کو اپنی ٹیم کے ساتھ باری سٹوڈیو کے سیٹ پر ہونا چاہیے تھا۔ جبکہ ہماری ٹیکسی کا رُخ اُلٹی سمت میں تھا۔ مارے تجسّس کے میرا چہرہ سرخ ہو رہا تھا۔ کوئی آدھ گھنٹہ نیو ٹاؤن کی سڑکوں اور گلیوں میں بھٹکنے کے بعد ناہید نے ٹیکسی ایک نِسبتاً ویران گلی میں رکوائی، نیچے اتر کر ٹیکسی کو فارغ کر دیا گیا۔ ہم ایک نو تعمیر شدہ بنگلے کے بغل میں تھے۔

"بنگلے کا مین گیٹ اندر سے بند ہے۔ آپ نے کمپاؤنڈ وال پھلانگ کر اندر سے گیٹ

کھولنا ہے اور میں اندر آ جاؤں گی اور دیکھئے کوئی شور نہ ہونے پائے ورنہ وہ ہوشیار ہو جائیں گے "ناہید کسی ماہر سراغ رساں کی طرح اپنا پلان بتا رہی تھی۔ اِدھر ڈر اور تجسّس کے ملے جلے اثرات سے میرا وجود لرزنے لگا۔ میں نہیں جانتا تھا آنے والے لمحات میں کیا ہونے جا رہا ہے۔

" چلیئے نا جلدی کیجئے سوچتے کیا ہیں ؟ ناہید بولی۔ اللہ جانے اس لمحے مجھ میں کہاں سے طاقت عود کر آئی میں ایک ہی جست میں کود کر اندر۔ میں نے جین اور جاگرز پہنے ہوئے تھا، اس لئے کوئی شور نہ ہوا اور آہنی گیٹ بھی نئے رنگ و روغن کی وجہ سے چُوں چراں کے بغیر کھل گیا۔ ناہید آہستگی سے اندر آ گئی اور گیٹ بند کر دیا گیا۔ صحن اور بر آمدہ پھلانگنے کے بعد سامنے کمروں کے دو دروازے تھے۔ ناہید نے پہلے بائیں جانب کا دروازہ دھکیلا تو وہ اندر سے بند تھا۔ پھر جب دوسرے دروازے کی طرف بڑھی تو مجھے بھی قریب آنے کا اشارہ کیا۔ اس نے دروازے پر آہستگی سے دباؤ ڈالا تو وہ کھل گیا اور ہم دونوں اندر۔ پھر میں نے دروازے کی چٹکنی لگنے کی آواز سنی، کمرے میں گہری تاریکی تھی میں سوچ ہی رہا تھا کہ ابھی سامنے بیڈ پر تجمّل اور شنّو بے خبر غلطاں و پیچاں پڑے ہونگے اور ناہید دوسرے ہی لمحے سینڈل اتار، ان پر برس پڑے گی مگر دوسرے ہی لمحے میں نے اپنے آپ کو ناہید کی نرم گرم بانہوں کے معطر حصار میں سحر زدہ سا محسوس کیا تھوڑی دیر بعد دو جسم آپس میں بیڈ پر تا دیر الجھتے رہے اور پھر ایسے بے نیاز کہ وقت کے گزرنے کا ذرا بھی احساس نہ ہوا تا دیر ناہید باتھ روم سے بالوں میں برش کرتی باہر آئی تو وہ پہلے والی نہیں بلکہ مجھے کوئی دوسری ناہید نظر آنے لگی تھی اور میں میں بھی شاید پہلے والا نوید نہیں رہا تھا۔ میری نگاہیں تھیں کہ شرم سے فرش میں گڑی جاتی تھیں۔

(۳) پردے جو نفرتوں کے تھے

ڈاکٹر بلند اقبال

ہارمونیم کے پردوں کے پیچھے چھپا ہوا میٹھا سُر جنم جنم سے ان دیکھی مشتاق انگلیوں کا منتظر تھا۔۔ انگلیاں جو بولتی ہو، انگلیاں جو دیکھتی ہو، انگلیاں جو ہنستی ہو، انگلیاں جو روتی ہو۔۔۔ انگلیاں جو ڈھولک کی تھاپ، سارنگی کے سُر اور بانسری کی لے کے ساتھ ہارمونیم کے اُس میٹھے سُر کو کچھ اس طرح سے ملا دے کہ ایک ایسا سنگیت جنم لے کہ جس کی ہر تان ایک دیپک ہو۔

مگر۔۔ بادل گزرتے رہے، سورج اُبھرتا ڈوبتا رہا اور موسم بدلتے رہے۔۔ سارنگی ہارمونیم کے میٹھے سُر کے لئے ترستی رہی، بانسری کی لے ڈھولک کی تھاپ کے انتظار میں روتی رہی۔۔۔ ہارمونیم کا سچا سُر کہیں کھو گیا تھا، سنگیت بنا جنم لئے مر رہا تھا۔

بلآخر تھک ہار کر ایک رات کے پچھلے پہر کچھ انگلیاں ہارمونیم کے پردوں پر سرسرائی، ہارمونیم کے سوئے ہوئے میٹھے سُر نے نیند کی آغوش میں کروٹ لی، اور پھر دھیمے سے ڈھولک کی تھاپ کے کان میں کچھ ایسی بات کہی کہ ڈھولک کی تھاپ اک دم شرماسی گئی اور پھر بانسری کی لے کے ساتھ کسی ناچتی ناگن کی طرح بل کھا کر اُٹھی۔

مگر اس سے پہلے کہ سنگیت کی جل ترنگ فضاؤں میں گنگناتی

ہارمونیم کا میٹھا سُر معصوم روتے ہوئے بچوں کی آوازوں میں کراہنے لگا۔ ڈھولک

کی تھاپ ماؤں کے سینے کوٹتے ہوئے بے ہنگم شور میں بدلنے لگی۔ سارنگی سے نکلتے ہوئے سُر ہوائی جہازوں کی بے سُری چنگھاڑتی ہوئی آوازوں سے کانپنے لگے۔ بانسری کی لے روتے ہوئے گیدڑوں کی آوازوں میں ڈھلنے لگی۔ سنگیت نوحہ بننے لگا۔ ہر طرف دھواں دھواں ہونے لگا۔ سُر رو رہا تھا اور سنگیت مر رہا تھا۔

اور پھر سُر نے روتے ہوئے اُن مشتاق انگلیوں کی طرف دیکھا جو ہارمونیم پر ناچ رہی تھیں۔۔۔ انگلیاں۔۔ جو خون میں ڈوبی ہوئی تھیں۔۔ انگلیاں جو درد کے قصے بانٹتی تھیں۔۔ انگلیاں جو زندگیوں میں عذاب بن کر ناچتی تھیں۔۔ انگلیاں جو عزتیں بھنبھوڑتی تھیں۔۔ انگلیاں جو گولیاں چلاتی تھیں۔۔ انگلیاں جو بم گراتیں تھیں۔۔ انگلیاں جو زیست کے نوالے بناتی تھیں۔۔ انگلیاں جو خون چاٹتی تھیں۔۔۔ انگلیاں جو خون میں ڈوبی ہوئی تھیں۔۔۔ انگلیاں جو خون میں ڈوبی ہوئی تھیں۔

اور پھر تھک ہار کر ڈھولک نے ہارمونیم کا ساتھ چھوڑ دیا۔ سارنگی روتے روتے سوگئی۔ سُر پھر سے ہارمونیم کے پردوں میں چھپ گیا۔

اُس چاندنی رات کے پچھلے پہر ہر سو موت کی سی خاموشی تھی۔

۔۔۔ کچھ لمحوں کے بعد ہارمونیم پر جمی انگلیاں دھیمے سے سرسرائی اور آہستگی سے ہارمونیم کے پردوں کو تکنے لگی۔ پردے۔۔۔ جو نفرتوں کے تھے۔

(۴) مسدود راستہ

منیر الدین احمد

میں ناشتہ کرنے کے لئے ہوٹل کے ڈائننگ ہال میں پہنچا، تو اوتا کے ساتھ ہماری دونوں شریک میز جرمن خواتین میشل اور کونسٹانزے اپنی اپنی سیٹوں پر براجمان ہو چکی تھیں۔ اوتا نے استفہامی نظر سے میری طرف دیکھا، جیسے پوچھ رہی ہو: "کیا کوئی خاص بات تھی؟"

"سات عادی قسم کے فون تھے"۔ میں نے کہا: "البتہ آٹھواں فون عائشہ کا تھا۔ تم جانتی ہو کہ وہ سامنے ہو تو بات دوسری ہے اور میں اٹکل سے کام چلا لیتا ہوں۔ مگر فون پر اس کی کاوڈر ویلش کو میں بالکل نہیں سمجھتا۔ اتنے برسوں تک جرمنی میں رہنے کے باوجود جرمن اب تک اس کی زبان پر نہیں چڑھتی اور اس کی افریقن انگریزی اور سوڈانی عربی میرے پلے نہیں پڑتیں۔ جہاں تک میں سمجھ پایا ہوں وہ کسی ایمرجنسی کی بات کر رہی تھی، جس کا اسے سامنا تھا۔ اسے شاید ہماری مدد کی ضرورت تھی۔ میں نے فوراً اس کے گھر پر فون کیا، مگر ٹیلی فون ایکسچینج کی طرف سے ریکارڈ شدہ جواب ملا: "اس نمبر کے تحت کوئی کنکشن نہیں ہے"۔ ہمارے سفر پر جانے والے روز تک تو وہی نمبر تھا۔ تم نے چلنے سے پہلے خود عائشہ سے بات کی تھی اور اسے بتایا تھا کہ ہم چار ہفتوں کے لئے ملک سے باہر جا رہے ہیں۔ ہو سکتا کہ اس نے اس دوران میں رہائش گاہ بدل لی ہو۔ عائشہ سے ہر بات کی توقع رکھی جا سکتی ہے"۔

"تم کو عائشہ سے خدا واسطے کی چڑ ہے"۔اوتا نے جھنجھلا کر کہا:" کبھی اس کی زبان پر اعتراض کرتے ہو، کبھی اس کے کپڑوں پر۔ اس کا موٹاپا تم کو ایک آنکھ نہیں بھاتا۔ پتہ نہیں اس بچاری سے کیا قصور سرزد ہو گیا ہے، جو تم یوں ہاتھ دھو کر اس کے پیچھے پڑے رہتے ہو۔ وہ کرموں کی ماری بہت دکھی عورت ہے۔ خدا جانے اب اسے کس مشکل کا سامنا کرنا پڑ رہا ہے"۔

یہ ہمارے آرمینیا کے سفر کے دنوں کی بات ہے۔ ہم ہفتے میں ایک دو بار جرمنی میں اپنے گھر پر فون کر کے ریکارڈ شدہ پیغامات سن لیتے تھے۔ ایمرجنسی کی صورت میں کسی ہمسائے کو فون کر کے ضروری ایکشن لیا جا سکتا تھا۔ مگر عائشہ کے سلسلے میں مجھے کچھ نہیں سوجھ رہا تھا کہ کیا کیا جائے۔ ہمارے واقف کاروں میں سے کوئی اسے نہیں جانتا تھا، اس لئے کسی کو اس سے رابطہ کرنے کے لئے نہیں کہا جا سکتا تھا۔

میشل اور کونسٹانزے کی سوالیہ نگاہوں سے اوتا جان چکی تھی کہ اسے عائشہ کا تعارف کرانا پڑے گا۔ تہذیب کے مارے جرمن ایسے معاملات کے بارے میں براہ راست کچھ نہیں پوچھتے، مگر جو کوئی ان کی نظروں کو پڑھ سکتا ہے، اسے پتہ ہے کہ مزید جاننے کے شوق میں ان کے منہ سے رال ٹپکنے کو ہے۔

عائشہ سوڈان کی رہنے والی ہے۔ جرمنی میں اس نے اسایلم کی درخواست دے رکھی ہے۔ اس کا تعلق ایک ماڈرن اسلامی فرقہ سے ہے، جسکو اس ملک کی حکومت نے اسلام سے خارج قرار دے کر اسکے پیروکاروں کے سیاسی و تمدنی حقوق محدود کر دیئے ہیں۔ اس وجہ سے اس جماعت کے ارکان کیلئے دو ہی راستے کھلے ہیں: مذہب بدلنا یا ملک کو چھوڑ جانا۔ بہتوں نے مجبوری کے تحت اپنا مذہب تبدیل کر لیا تھا۔ مگر عائشہ نے ہجرت کرنے کو ترجیح دی تھی۔

" عائشہ ہماری نوکرانی ہے۔" اوتا ہماری ہم میز عورتوں کو بتا رہی تھی،" جو خود اپنا راستہ روکے کھڑی ہے۔ اسے قدم قدم پر مشکلات کا سامنا کرنا پڑتا ہے، مگر اس کا مذہبی جنون کم ہونے کی بجائے بڑھتا جا رہا ہے"۔

ایک عرصہ سے جرمنی میں گھر بار کیلئے ملازم ملنا بہت دشوار ہو گیا ہے۔ ایک زمانے میں جرمن عورتیں دو چار گھنٹوں کیلئے پرائیویٹ گھروں کی صفائی ستھرائی کا کام کرنے کیلئے تیار ہو جاتی تھیں اور اکثر ایسی ملازمت کو دوسرے کاموں پر ترجیح دیتی تھیں، کیونکہ لکھت پڑھت نہ ہونے کے سبب انکم ٹیکس نہیں دینا پڑتا تھا اور ان کی ذاتی آزادی بھی برقرار رہتی تھی۔ پھر پرائیویٹ ملازمت کو کسی وقت بھی چھوڑا جا سکتا تھا۔ کسی ادارے یا دوکان کی باضابطہ نوکری کرنے میں بہت سی مشکلات تھیں۔ اہم ترین بات یہ تھی کہ سرکاری قوانین کی پابندی کرنی پڑتی تھی اور انکم ٹیکس اور ہیلتھ انشورنس کی کٹوتی کے سبب نقد تنخواہ گھٹ کر جیب خرچ کے برابر رہ جاتی تھی۔ مگر جب سے ملازمت کے قوانین میں یہ تبدیلی لائی گئی تھی کہ ایک مقررہ رقم تک ملنے والی تنخواہ پر کوئی کٹوتی نہیں کی جائیگی، اس وقت سے پرائیویٹ گھروں کیلئے جرمن ملازمہ حاصل کرنا مشکل ہو گیا ہے۔ اب گھریلو کاموں کیلئے صرف غیر ملکی عورتیں ملتی ہیں، جنہوں نے اسائلم کی درخواست دے رکھی ہوتی ہے یا جو غیر قانونی طور پر جرمنی میں مقیم ہوتی ہیں اور جن کو سرکاری طور پر ملازمت کرنے کی اجازت نہیں ہوتی۔

اخبار میں ہمارا اشتہار چھپنے پر تین عورتوں کے فون آئے۔ پہلی پولینڈ کی رہنے والی تھی اور تین ماہ کے ویزے پر آئی تھی، جس کی میعاد ختم ہو چکی تھی۔ وہ اپنے کسی یار کے ہاں پولیس سے چھپ چھپا کر رہ رہی تھی۔ اوتا نے یہ بات سنتے ہی اسے لینے سے انکار کر دیا۔ کیونکہ وہ قانون شکنی میں مدد دینے کے لئے تیار نہ تھی۔

دوسری عورت رومانیہ سے تھی، کسی کارخانے میں ملازمت کر رہی تھی اور صرف ویک اینڈ پر کام کرنے میں دلچسپی رکھتی تھی۔ اس کی باتوں سے اندازہ ہوتا تھا کہ وہ خاصی تیز طرار عورت تھی۔ اوتا کو خطرہ تھا کہ اس کے تعلقات اپنے ہموطن جپسیوں کے ساتھ ہوسکتے ہیں، جو عام طور سے گھروں میں چوریوں میں ملوث پائے جاتے ہیں۔ بہت سی ایسی وارداتیں ہوچکی ہیں، جن میں گھروں میں ملازمت کرنے والی ہموطن عورتوں کے ذریعہ ان کو خبریں ملتی تھیں کہ کن دنوں میں مالکان مکان سفر پر جا رہے ہیں۔ اور ان کے گھروں میں کون کون سی قیمتی اشیاء پائی جاتی ہیں۔ بعض صورتوں میں ملازم عورتوں کی وساطت سے چوروں کو گھروں کی چابیاں بھی مل جاتی ہیں، جس کے سبب واردات کرنے میں مزید آسانیاں پیدا ہو جاتی ہیں۔ انہی دنوں میں ایک دلچسپ واقعہ ہوا تھا، جس کا اخباروں میں چرچا ہوتا رہا۔ ایک گھر سے مالکان کی غیر حاضری میں چور قیمتی قالین اٹھا کر لے جا رہے تھے۔ ہمسائے کے پوچھنے پر انہوں نے بتایا کہ وہ ایک قالین دھونے والی فرم کے ملازم ہیں اور اس کے ہمسائے کے قالین دھونے کے لئے لے جا رہے ہیں۔ ہمسائے نے کہا کہ یہ تو بہت اچھا موقعہ ہے، وہ بھی عرصہ سے اپنا قالین دھونے کیلئے بھیجنا چاہتا ہے۔ چنانچہ اس نے اپنا قیمتی قالین بھی ان کے حوالے کر دیا۔ واضح ہے کہ ان واقعات کے پیش نظر ہم رومانیہ کی عورت کو ملازم رکھنے کیلئے تیار نہ تھے۔

تیسرا فون عائشہ کا تھا، جس کی بات فون پر ہماری سمجھ میں بالکل نہ آتی تھی۔ البتہ یہ پتہ چل گیا تھا کہ وہ سوڈانی ہے اور تھوڑے عرصہ سے جرمنی میں تھی۔ ہم نے تجویز پیش کی کہ وہ اتوار کے روز ہمارے ہاں آئے تا کہ اطمینان سے بیٹھ کر بات کی جا سکے۔ وہ ہم سے قریبی شہر ہمبرگ کے ایک دور دراز علاقے میں رہتی تھی۔ میں نے کہا کہ اسے پہلے انڈر گراونڈ ریل میں، پھر سٹی ٹرین سے ہمارے گاؤں تک پہنچنے میں کم سے کم دو گھنٹے لگ

جائیں گے۔ اس نے جواب دیا کہ اگر اسے ملازمت مل سکے، تو اسے اس بات کی پرواہ نہ ہوگی۔ اوتانے پیش کش کی کہ ہم اسے ملازم رکھنے یا نہ رکھنے کا فیصلہ کرنے والی دونوں صورتوں میں آنے جانے اور انٹرویو پر لگنے والے وقت کا معاوضہ ادا کر دیں گے۔ اس پر وہ بہت خوش ہوئی اور اس نے اتوار کے روز نو بجے تک پہنچ جانے کا وعدہ کیا۔

میں اسے لینے کیلئے ہمبرگ ریلوے اسٹیشن پر گیا، جہاں پر عائشہ کو ریل گاڑی سے پہنچنا تھا۔ وہاں سے آگے ہمارے گاؤں کیلئے بس لینی پڑتی ہے۔ مگر اتوار کے روز بس صبح کے وقت نہیں چلتی۔ عائشہ کو پہچاننا کچھ ایسا مشکل نہ تھا۔ وہ اس صبح سٹی ٹرین سے اترنے والی واحد افریقن عورت تھی۔ دور سے اسکے ڈیل ڈول کو دیکھ کر میں نے دل میں سوچا کہ اس سے پھرتی سے کام کرنے کی توقع نہیں رکھی جا سکتی۔ اس کی چال سے مجھے شبہ ہوا کہ کہیں وہ حاملہ نہ ہو، کیونکہ وہ پاؤں گھسیٹ رہی تھی۔ میں اس کی عمر کے بارے میں بھی تذبذب میں تھا۔ چہرے مہرے سے وہ بیس پچیس کی لگتی تھی، مگر اپنے سوڈانی کپڑوں میں، جن پر کم و بیش ایک پورا تھان لگتا ہے، وہ بڑی عمر کی دکھائی دیتی تھی۔ البتہ جب قریب پہنچ کر اس نے اپنے سچے موتیوں جیسے سفید دانتوں کی نمائش کرتے ہوئے مجھے سلام کیا، تو اس کے چہرے پر کنواریوں والی دلفریبی کی جھلک نظر آئی۔ میں نے اسے خوش آمدید کہا اور بتایا کہ گھر پر ناشتہ ہماری راہ تک رہا ہے۔ اس نے کہا کہ وہ وقت پر پہنچنے کے لئے اس صبح گھر سے بھوکی نکل کھڑی ہوئی تھی۔

راستے میں ہمارے درمیان کوئی خاص بات نہیں ہوئی۔ یوں بھی انٹرویو دراصل اوتانے لینا تھا اور اسی کو کام دینے یا نہ دینے کا فیصلہ کرنا تھا۔ میں عام طور سے ایسی گھریلو باتوں میں دخل اندازی سے باز رہتا ہوں۔ البتہ میں نے جاننا چاہا کہ اس کو ہمبرگ میں کہاں پر ٹھہرایا گیا تھا اور کیا وہ جگہ تسلی بخش تھی۔ اسایلم کے لئے درخواست دینے والوں

کا رہائش کا اپنا انتظام ہو، تو حکومت کی طرف سے اس کا کرایہ ادا کیا جاتا ہے، وگرنہ ان کو رہائش گاہ مہیا کی جاتی ہے۔ اس کے علاوہ ان کو سوشل ڈپارٹمنٹ کی طرف سے باقاعدہ ماہوار الاؤنس ملتا ہے۔ عائشہ نے کہا کہ اس کا ذاتی خرچ حکومت کی طرف سے ملنے والی رقم سے چل جاتا ہے، مگر پیچھے سوڈان میں اس کے بوڑھے ماں باپ ہیں، جن کی اسے مالی امداد کرنی ہوتی ہے۔ اس لئے اس نے سوچا تھا کہ اسے کہیں پر کوئی چھوٹی موٹی ملازمت مل جائے، تو وہ کچھ رقم ماہوار ماں باپ کو بھیج دیا کرے۔ مگر جرمن زبان نہ جاننے کے سبب اس کو کام نہیں مل رہا تھا۔ اسے امید تھی کہ ہم اسے ناامید نہیں کریں گے۔

عائشہ کو جرمنی میں آئے ہوئے تین ماہ ہو چلے تھے۔ اس کا اسایلم کا کیس اس وقت تک ابتدائی مراحل میں تھا۔ تاہم اس کے وکیل کو یقین تھا کہ اسے اسایلم مل جائے گی۔ کیونکہ سوڈان کی حکومت نے سیاسی وجوہات کی بناپر "الاخوان الجمہوریون" کو اسلام سے خارج اور غیر قانونی قرار دے دیا تھا اور اس کے بانی استاذ محمود محمد طٰہٰ کو ارتداد کے جرم کی پاداش میں سزائے موت سنا کر پھانسی پر لٹکا دیا تھا۔ سوڈان کے صدر جعفر النمیری نے اپنی حکومت کو بچانے کیلئے، جو ملک میں غیر مقبول ہو چکی تھی، یہ اقدام کیا تھا۔ یہ الگ بات ہے کہ یہ حیلہ کارگر ثابت نہ ہوا اور بہت جلد فوج نے اس کی حکومت کا تختہ الٹ دیا۔

عائشہ کی باتیں سن کر اوتا کو اس پر بے حد ترس آیا اور اس نے یہ جانتے ہوئے بھی کہ عائشہ کو یورپین گھروں کی صفائی ستھرائی کا کوئی تجربہ نہیں تھا، اس کو ملازم رکھ لیا۔ میں اس بات پر حیران ضرور ہوا، مگر میں نے کچھ نہ کہا۔ آخر بات ان دونوں کے درمیان ہو رہی تھی اور انہیں ہی ایک دوسرے سے معاملہ طے کرنا تھا۔ یوں بھی صفائی والے روز مجھے گھر نکالا مل جاتا تھا۔ کیونکہ میرا وجود کسی بھاری بھرکم صوفے کی طرح صفائی کرنے

والی کے راستے میں رکاوٹ گردانا جاتا تھا۔

ملازمت کے سلسلے میں عائشہ بہت سنجیدہ تھی اور کبھی ناغہ نہ کرتی تھی۔ البتہ اس کا کام کرنے کا طریق کار بہت منفرد تھا۔ اس کی ابتداء ریڈیو پر موسیقی کا پروگرام لگانے سے ہوتی تھی، جس کو سنتے ہی اس کے جسم کا انگ انگ تھرکنے لگتا تھا۔ افریقیوں کو ڈانس کرنے کی مہارت قدرت نے خاص طور پر ودیعت کر رکھی ہے۔ چھوٹے سے چھوٹے افریقی بچے کو ڈانس کرتے ہوئے دیکھو، تو لگتا ہے، جیسے ماں نے اس کو دودھ پلانے کے ساتھ ساتھ ناچنے کا ڈھنگ بھی سکھا دیا ہو۔ موسیقی کی تال پر عائشہ کے قدم اس قدر ہلکے پھلکے ہو جاتے تھے، جیسے ان پر کوئی بوجھ نہ ہو۔ وہ سارا وقت گھر بار میں تھرکتی پھرتی تھی اور بعض اوقات ترنگ میں آ کر سوڈانی گیت گانے لگتی تھی۔ اس کی آواز میں خاص لوچ تھا، جو ہمیں بہت اچھا لگتا تھا۔

چونکہ عائشہ کو لمبا سفر کر کے آنا پڑتا تھا، اس لئے اس کی آمد والے روز اس کا صبح کا ناشتہ اور دوپہر کا کھانا ہمارے ساتھ ہوتا تھا۔ اس کو بلدیہ کی طرف سے ایک ہوسٹل نما پرانے دو منزلہ مکان میں کمرہ ملا ہوا تھا۔ جہاں پر مختلف ملکوں کے پندرہ بیس افراد مقیم تھے، جو اپنے وطن کو بیروزگاری کے سبب یا کسی دوسری وجہ سے چھوڑنے پر مجبور ہوئے تھے۔ عام طور سے سب لوگ مل جل کر رہتے تھے، مگر دو عرب فیملیوں کے مابین اندرونی طور پر چپقلش پائی جاتی تھی۔ ان میں سے ایک خاندان فلسطین سے تھا اور جرمنی آنے سے پہلے لمبے عرصے تک بیروت میں پناہ گزین رہ چکا تھا۔ دوسری فیملی لبنانی عیسائیوں کی تھی۔ جس کو اپنا وطن خانہ جنگی کے سبب چھوڑنا پڑا تھا۔ عائشہ کے تعلقات دونوں فیملیوں کے ساتھ دوستانہ تھے۔ عربی زبان ان کے درمیان قدر مشترک تھی۔ مگر دوسری طرف وہاں پر گھانا اور سیرالیون کے افریقن بھی مقیم تھے، جن کے بارے میں

عائشہ کو شبہ تھا کہ وہ لوگ ہیروئین کا کاروبار کرتے تھے۔ ان لوگوں کی وجہ سے دو بار مکان کی تلاشی لی جا چکی تھی۔ عائشہ جلد از جلد وہاں سے نقل مکانی کرنا چاہتی تھی، کیونکہ کچھ نوجوان افریقن لڑکے اس کا پیچھا کرنے لگے تھے۔ عائشہ کو خطرہ تھا کہ کسی روز اس پر مجرمانہ حملہ ہو سکتا ہے۔ ڈر کے مارے وہ ہر وقت اپنا کمرہ مقفل رکھتی تھی۔ اس کا کہنا تھا کہ ایسے خوف وہراس کا سامنا اس کو اس سے قبل اپنے وطن میں کبھی نہیں کرنا پڑا تھا۔

پھر ایک روز وہی ہوا، جسکا عائشہ کو شروع سے خدشہ تھا۔ ایک رات جبکہ وہ سو رہی تھی، کسی نے ماسٹر چابی سے اسکے کمرے کا دروازہ کھولا اور عائشہ کے بیدار ہونے سے پہلے اس کو اپنے قابو میں کر لیا۔ اسکے منہ اور آنکھوں پر ٹیپ لگا دی گئی۔ اس طرح عائشہ کو بے بس کرنے کے بعد حملہ آور نے اس کی آبروریزی شروع کی، جس کا سلسلہ ساری رات چلتا رہا۔ ساتھ کے کمروں میں سوئے ہوئے دوسرے مکینوں کو خبر تک نہ ہوئی کہ عائشہ پر کیا قیامت گزر رہی تھی۔ کہیں صبح دم ظالم نے اس کا پیچھا چھوڑا اور جاتے ہوئے دھمکی دے کر گیا کہ اگر پولیس کو اطلاع دی، تو جان سے مار ڈالوں گا۔

اگلے روز عائشہ کو ہمارے ہاں آنا تھا۔ مگر دوپہر تک نہ آئی اور اس کی طرف سے کوئی خبر بھی ملی۔ اوتا نے خود فون کیا۔ پتہ چلا کہ کوئی سنگین بات پیش آگئی تھی۔ اوتا نے کھل کر بتانے کو کہا، تو عائشہ دھاڑیں مار مار کر رونے لگی۔ اب واضح تھا کہ ہمیں خود اس کی رہائش گاہ پر جانا تھا۔ اوتا نے کہا کہ وہ گھر پر رہے، ہم اس کی طرف آرہے ہیں۔

ہمارے آجانے سے عائشہ کی ہمت بڑھی اور اس نے سارا ماجرا بیان کیا۔ مگر وہ کیس کو پولیس کے پاس لے جانے کیلئے تیار نہ تھی۔ اس کو خطرہ تھا کہ مجرم اس کو سچ مچ جان سے مار ڈالے گا۔ کیونکہ اسکے پاس ماسٹر چابی موجود تھی۔ اوتا نے کہا کہ اس چیز کا حل موجود ہے۔ ہم اسکے کمرے کا تالا بدلوا دیتے ہیں، جسکا انتظام میں نے اسی وقت کر دیا۔ ہم

نے اصرار کیا کہ اسے بہر صورت پولیس کے پاس جانا چاہیئے، وگرنہ مجرم کو مزید شہہ ملے گی۔ باتوں باتوں میں پتہ چلا کہ اسے گھانا کے ایک نوجوان پر شبہ تھا، جسکی اس نے ارتکاب جرم کے وقت شکل تو نہیں دیکھی تھی، مگر جب اس نے اسے دھمکی دی تھی کہ کیس کو پولیس کے پاس نہ لیکر جائے، تو اس نے اس کی آواز کو پہچان لیا تھا۔

" پھر ہمیں دیر نہیں کرنی چاہیئے۔ ہم تمہارے ساتھ پولیس کے پاس چلتے ہیں اور اگر تم چاہو، تو کسی وکیل کو بلا لیتے ہیں"۔ اوتا اس بارے میں پوری طرح سنجیدہ تھی۔

"لیکن اگر مجھے اس جرم کے نتیجے میں حمل ہو گیا ہے، تو کیا میں اپنے بچے کے باپ کو عدلیہ کے سپرد کرنے کی ذمہ دار نہ ٹھہروں گی؟" عائشہ کو شاید یہ امید تھی کہ وہ شخص اس سے شادی کرنے کے لئے تیار ہو جائے گا۔

" ایسے باپ پر لعنت بھیجو" اوتا نے جواب دیا۔ " آج تم اس کے ہتھے چڑھی ہو اور کل کو کوئی دوسری بے گناہ عورت اس کی ہوس کا شکار بن سکتی ہے"۔

پولیس نے کیس درج کر لیا اور اس مکان میں رہنے والے سب مرد باسیوں کو تحقیق کی خاطر چوکی پر حاضر ہونے کا حکم دیا۔ البتہ مجھے یہ احساس تھا کہ وہ اس معاملے کو کچھ اہمیت نہ دے رہے تھے۔ ایک سپاہی نے عائشہ کی پیٹھ پیچھے یہاں تک کہا کہ یہ افریقی سیکس کے معاملے میں سب ایک دوسرے کے ساتھ ملوث ہوتے ہیں اور ہو سکتا ہے کہ عائشہ نے خود ہی مجرم کو شہہ دی ہو۔ آخر کار وہی ہوا، جس کا ہمیں خدشہ تھا۔ پولیس نے کئی ہفتوں تک کیس کو طول دینے کے بعد یہ کہہ کر داخل دفتر کر دیا کہ مجرم کا سراغ نہ لگایا جا سکا تھا۔

دوسری طرف عائشہ نے اوتا کو بتایا کہ وہ حمل سے ہے اور کسی قیمت پر وضع حمل کے لئے تیار نہیں۔ اس نے کہا کہ اس چیز سے اس کا مذہب اس کو روکتا ہے۔ یوں بھی ہونے والے بچے کا اس معاملے میں کوئی قصور نہیں۔

ہمیں اس بارے میں دخل دینے کا کوئی حق نہیں پہنچتا تھا۔ البتہ صاف دکھائی دے رہا تھا کہ عائشہ کی مشکلات میں اضافہ ہونے والا تھا۔ وہ دو چار ماہ تک مزید کام کر سکے گی۔ اس کے بعد اس کا سارا وقت دوسری بے نکاحی ماؤں کی طرح اپنے نوزائدہ بچے کی پرورش و پرداخت پر لگے گا۔ ہماری نظر میں عائشہ یوں بھی بیوقوفوں کی جنت میں رہتی تھی۔ اس کے ہونے والے بچے کے باپ نے اس سے شادی کرنے کی خواہش کا اظہار نہ کیا تھا۔ اس کے باوجود عائشہ آس لگائے بیٹھی تھی۔

ہمارے آرمینیا کے سفر پر جانے سے چنداں پہلے عائشہ کا بیٹا پیدا ہوا تھا، جسکا نام اس نے ہاشم رکھا تھا۔ اوتا نے اسکے بیٹے کیلیئے بہت سے تحفے خریدے اور پہننے کیلیئے کپڑے بنا کر دیئے تھے۔ عائشہ خوش تو بہت تھی، مگر یہ بات اس کو ذرا نہ بھاتی تھی کہ اس کا بیٹا باپ کے بغیر پیدا ہوا تھا۔ اس نے کہا کہ اگر وہ محبت کی پیداوار ہوتا، تو بات دوسری تھی اور قابل درگزر ہوتی۔ البتہ اسے پتہ تھا کہ عربوں میں زمانہ قدیم سے یہ خیال چلا آتا ہے کہ زنا بالجبر کے نتیجے میں پیدا ہونے والی اولاد بہت جیدار ہوتی ہے۔

اوتا کی نظروں میں عائشہ بیک وقت بہت بہادر اور نہایت بیوقوف عورت تھی۔ بہادر اس لئے کہ وہ اپنی اولاد کی خاطر ہر قربانی کرنے کے لئے تیار تھی۔ اور بیوقوف اس لئے کہ اس کے خیالات ذرہ بھر قابل عمل نہ تھے۔ بچے کے بغیر اس کی مشکلات اتنی بے تحاشا تھیں کہ ختم ہوتی نظر نہ آتی تھیں۔ بچے کی موجودگی میں ان میں مزید اضافہ ہونے کی توقع تھی۔ ہم نے اسے کہہ رکھا تھا کہ اگر اسے کسی قسم کی مدد درکار ہو، تو بلا تردد ہمیں بتائے۔ اوتا کو افسوس ہو رہا تھا کہ ہم آرمینیا سے، جہاں پر ہمیں ابھی مزید ایک ہفتہ رکنا تھا، عائشہ کے لئے کچھ نہ کر سکتے تھے۔ ہمیں تو یہ بھی پتہ نہیں چل رہا تھا کہ اسے کس قسم کی ایمرجنسی درپیش تھی۔

خدا خدا کر کے سفر کا آخری ہفتہ اختتام کو پہنچا اور ہماری واپسی کا دن آیا۔ اوتا نے وہ سات دن جیسے دھکتے ہوئے کوئلوں پر گزارے تھے۔ ہوائی جہاز میں چار ہفتوں کے بعد ہمیں جرمن اخبارات پڑھنے کو ملے۔ گرمیوں میں جرمنی کی آدھی آبادی غیر ملکوں کی سیر و سیاحت پر نکلی ہوئی ہوتی ہے۔ یہاں تک کہ پارلمان بھی گرما کی تعطیلات مناتی ہے اور دو ماہ کیلئے اپنی کاروائی روک دیتی ہے۔ حکومت کے چھوٹے بڑے سب کارندے ملک سے غیر حاضر ہوتے ہیں اور ہر قسم کی سیاسی سرگرمیاں قریب قریب معطل ہو جاتی ہیں۔ جرمنی میں ان دنوں کو "ترش کھیروں کے موسم" کے نام سے یاد کیا جاتا ہے۔ کیونکہ خبروں کا اتنا مندا ہوتا ہے کہ جو بات عام حالات میں اخباروں میں جگہ نہیں پاتی، وہ بھی اس موسم میں پہلے صفحے پر جلی حروف میں چھپ جاتی ہے۔ اکثر اخباروں میں جرمنوں اور غیر ملکیوں کے باہمی تعلقات پر تبصرے چھپے ہوئے تھے۔ آخر کسی طریق سے صحافیوں کو اپنے کالموں کے پیٹ تو بھرنے تھے۔

ہماری واپسی شام کے وقت سورج غروب ہونے کے بعد ہوئی، اس لئے کسی سرکاری دفتر سے رابطہ نہ کیا جا سکتا تھا اور عائشہ کے فون نمبر پر وہی ریکارڈ چل رہا تھا کہ اس نمبر کے تحت کوئی کنکشن نہیں ہے۔ اوتا نے کہا کہ ہمیں اگلے روز خود وہاں پر جا کر پتہ کرنا چاہیئے کہ عائشہ کدھر غائب ہو گئی تھی اور اس کی رہائش گاہ کا فون کیوں کٹ گیا تھا۔ اس وقت تک ہمارے فرشتوں کو بھی خبر نہ تھی کہ کیسی خبر ہماری راہ تک رہی ہے۔

اگلی صبح ہم وہاں پر پہنچے، تو یہ دیکھ کر حیران ہوئے کہ عائشہ کے مکان کی طرف جانے والا راستہ بند تھا۔ ہم نے کار کو ایک قریبی سڑک پر چھوڑا اور پیدل چل کر مکان والی گلی میں داخل ہوئے۔ عائشہ کی رہائش گاہ جل کر راکھ ہو چکی تھی۔ عمارت کا صرف ڈھانچہ باقی تھا۔ جسکے سامنے پولیس کی کار راستہ روکے ہوئے کھڑی تھی۔ ہمارے پوچھنے پر ایک

سپاہی نے بتایا کہ دس روز قبل وہ مکان آگ لگنے کے سبب جل گیا تھا۔ انسانی نقصان کے بارے میں اس نے کہا کہ کچھ لوگ مارے گئے تھے اور کچھ زخمی ہوئے تھے۔ مزید معلومات حاصل کرنے کے لئے ہمیں پولیس کے ہیڈ کوارٹر سے رابطہ کرنا ہو گا۔

وہاں پر جا کر پتہ چلا کہ عائشہ ہسپتال میں داخل تھی، کیونکہ اس نے آگ لگنے پر اپنے پہلی منزل پر واقع کمرے کی کھڑکی سے چھلانگ لگا کر جان بچائی تھی۔ اس کوشش میں اس کی دونوں ٹانگیں ٹوٹ گئی تھیں۔ اس نے بازوؤں میں اپنا نوزائدہ بیٹا اٹھایا ہوا تھا، جسے حیرت انگیز طور پر کوئی مہلک زخم نہ آیا تھا اور وہ خیر و عافیت سے تھا۔ البتہ عائشہ کی حالت ابتدائی دنوں میں بہت مخدوش رہی تھی۔

ہم فوراً ہسپتال میں پہنچے۔ عائشہ کی حالت سنبھل گئی تھی۔ اس کی ٹانگوں کا آپریشن کامیاب رہا تھا اور وہ سہارے سے تھوڑا بہت چلنے لگی تھی۔ اسے ہماری آمد سے بہت خوشی ہوئی۔ اس نے حادثہ سے تیسرے روز ہمارے گھر پر فون کیا تھا، مگر اسے خیال نہ آیا تھا کہ اسے ہسپتال کا فون نمبر پیچھے چھوڑنا چاہیئے تھا۔ وہ بہت خوش تھی کہ اس کا بیٹا ہاشم معجزانہ طور پر بچ گیا تھا۔

اس نے بتایا کہ جب اس رات آگ لگنے پر دھوئیں کے سبب اس کی آنکھ کھلی اور وہ اپنے کمرے کا دروازہ کھول کر سیڑھیوں کی طرف بھاگنے کے خیال سے کوریڈور میں نکلی، تو وہاں پر دھواں اس قدر کثیف تھا کہ اسے کچھ نظر نہ آتا تھا اور سانس لینی مشکل تھی۔ اس لئے وہ واپس اپنے کمرے میں چلی گئی اور دروازہ بند کر دیا۔

"میری آنکھوں کے سامنے موت کا بھوت ناچ رہا تھا"۔ عائشہ نے عربی اور جرمن کی کھچڑی میں اور ہاتھوں کے اشاروں سے بتایا: "میں نے جلدی سے ہاشم کو اٹھایا اور اس کو اپنے بازوؤں میں بھینچ کر کھڑکی میں سے چھلانگ لگا دی"۔

نرس نے، جو وہاں پر ڈیوٹی دے رہی تھی، بتایا کہ عائشہ خوش قسمتی سے روٹوڈنڈرون کی جھاڑی کے اوپر گری تھی، جس کی شاخوں نے اس کو سنبھال لیا تھا۔ وگرنہ وہ خود اپنے بوجھ تلے پس کر مر جاتی۔ بچے کو اس نے کمال ہوشیاری سے اس طرح اٹھا رکھا تھا کہ وہ زمین پر گرنے کی بجائے اس کے جسم سے چمٹا رہا اور زخمی ہونے سے بچ گیا۔

اس حادثے میں دس افراد زخمی ہوئے تھے اور چار جل کر مر گئے تھے۔ مرنے والوں میں گھانا کا وہ نوجوان بھی شامل تھا، جس نے عائشہ کے بیان کے مطابق اس پر مجرمانہ حملہ کیا تھا۔ لبنانی خاندان کا ایک لڑکا مارا گیا تھا، جبکہ فلسطینی فیملی کے سب افراد بچ گئے تھے۔ ان میں سے کوئی زخمی بھی نہ ہوا تھا۔ اس فیملی کے ایک نوجوان امین کی آنکھ بروقت کھل گئی تھی اور اس نے سب کو بیدار کیا تھا اور ان کو آگ سے بچانے میں کامیاب ہو گیا تھا۔ اس نے مکان کے دوسرے باسیوں کو بھی بچانے میں دلیری سے کام لیا تھا۔ پولیس نے اپنی پہلی رپورٹ میں اس کا ذکر خاص طور پر تعریفی رنگ میں کیا تھا۔ مگر دوسرے روز ریڈ کراس کے ایک ورکر نے بیان دیا کہ زخمیوں کو ہسپتال لے جاتے ہوئے امین نے کہا تھا کہ آگ انہوں نے لگائی تھی۔

جب امین سے اس بارے میں پوچھا گیا، تو اسنے بتایا کہ اسنے خود آگ لگانے کی بات نہیں کی تھی۔ صرف یہ کہا تھا کہ آگ "انہوں" نے لگائی تھی۔ اس کی مراد فاشسٹوں سے تھی، جو نئے نازیوں کے روپ میں جرمنی میں پھر سے سر اٹھا رہے ہیں۔ مگر سرکاری وکیل اس بارے میں کچھ سننے کیلئے تیار نہ تھا۔ اس نے امین کو مجرم قرار دیتے ہوئے مجسٹریٹ سے اس کا ریمانڈ حاصل کر لیا اور مزید تفتیش کی کارروائی کو روک دیا۔

(۵) پرواز

ظہیر احمد

ماں، پرندے کیوں اُڑتے ہیں ؟" چھ سالہ ساجدہ نے ماں سے سوال کیا۔

ساجدہ کی ماں نے صحن میں جھاڑو دیتے ہوئے جواب دیا"۔ بیٹی مجھ بے پڑھی لکھی کو کیا پتہ ہے ان باتوں کا۔ جب اسکول جاؤ تو استانی جی سے پوچھنا۔"

" اچھا ماں ، میں باہر کھیلوں گی۔" ساجدہ اپنی جھونپڑی کا دروازہ کھول کر گلی میں آ گی۔

گلی میں بچے کھیل رہے تھے۔ ہر طرف غلاظت کے ڈھیر تھے۔ گلی کے درمیان ایک گندے پانی کو نالا بہہ رہا تھا۔ دو دروازے دور اس کی دوست نجمہ اپنی جھونپڑی کے سامنے زمین پر آلتی پالتی مار کر بیٹھی تھی۔ ساجدہ بھی نجمہ کے برابر بیٹھ گی۔

"تم نے اپنی ماں سے پوچھا؟"۔ نجمہ نے بڑے اشتیاق سے پوچھا۔

"ہاں"۔ ساجدہ نے بے دلی سے کہا۔

"تو"۔ نجمہ نے زور سے پوچھا۔

"ماں کو بھی نہیں پتہ وہ کہتی ہے استانی جی سے پوچھو"۔ ساجدہ بولی۔

"نا، بابا میں تو کبھی نہ پوچھوں"۔ نجمہ نے کہا۔ "تم پوچھنا"

"اچھا"۔ ساجدہ نے کچھ سوچتے ہوئے کہا۔ "چلو کھیلیں"

سخت گرمی تھی۔ تمام بچے برگد کے درخت کی نیچے آلتی پالتی مار کر بیٹھ گے۔ استانی نے پہلی کی کتاب کھولی اور کہا۔ " آج ہم اپنے ملک کے بارے میں پڑھیں گے۔ صفحہ دس پر کتاب کھولو"

" ہمارے ملک کے دو حصہ ہیں۔ایک حصہ مغرب میں ہے اور دوسرا مشرق میں۔ ہم مشرقی حصہ میں رہتے ہیں۔ ہم سب مسلمان ہیں۔ مسلمان سب ایک دوسرے کے بھائی اور بہن ہوتے ہیں۔وہ ایک دوسرے کی دیکھ بھال کرتے ہیں"۔

" میرا تو کوئی بھائی نہیں۔کیا بھائی بہنوں سے پیار کرتے ہیں ؟۔کیا اگر میرا کوئی بھائی ہوتا تو وہ مجھے نئے کپڑے لا کر دیتا؟ میں نے کبھی برفی نہیں کھائی کیا وہ مجھے مٹھائی لا کر دیتا "۔ نجمہ نے اداس ہو کر استانی سے پوچھا۔

سبق کے بعد ساجدہ اُستانی جی کے پاس گی۔اُستانی جی، ساجدہ نے ادب سے کہا۔

" کیا بات ہے ساجدہ ؟"

" کیا میں ایک سوال پوچھ لوں ؟" ساجدہ نے ڈرتے ڈرتے پوچھا۔

" پوچھو"۔

" استانی جی، پرندے کیوں اُڑتے ہیں ؟ "

" یہ تو بہت اچھا سوال ہے۔ میں تم سب کو کل ایک ساتھ کلاس میں بتاؤں گی"۔ استانی نے جواب دیا۔

" چلو جاؤ۔اندھیرا ہو رہا ہے۔ تمہاری ماں پریشان ہو رہی ہو گی"۔

" ساجدہ، تم آج سے باہر مت کھیلنا۔ لڑائی ہو رہی ہے اور یہاں مغربی فوجیں آئی ہیں اور ہمارے سپاہی ان سے لڑ رہے ہیں۔" ماں نے ساجدہ کے بالوں میں مانگ ڈالتے

ہوئے کہا۔

" ماں وہ تو ہمارے بھائی ہیں نا۔ ہم ان سے کیوں لڑتے ہیں۔ استانی جی کہتی ہیں وہ ہمارے بھائی ہیں۔ میں سپاہیوں سے کہوں گی کہ ان سے نہ لڑیں"۔

زبر دست بارش ہو رہی تھی۔ جھونپڑی میں کوئی جگہ خشک نہ تھی۔ پانی ٹخنوں تک آچکا تھا۔ بجلی بار بار چمک رہی تھی۔ ساجدہ خوف سے ماں سے لپٹی ہوئی تھی۔ باہر سے شور وغل کی آوازیں آرہی تھیں۔ جھونپڑی کا دروازہ کھلا اور بجلی کی چمک میں ساجدہ نے چار سائے دیکھے۔ وہ ایک ایسی زبان بول رہے تھے جسے ساجدہ نے کبھی نہیں سنا تھا۔ یہ میرے بھائی ہیں۔ ساجدہ کا دل چاہا کہ وہ دوڑ کر اپنے بھائیوں سے لپٹ جائے۔ آخر وہ اس کو ملنے آئے ہیں۔ ماں نے ساجدہ پر اپنی گرفت مضبوط کر دی۔ ان میں سے ایک نے زبردستی ساجدہ کو ماں سے جدا کیا۔ ساجدہ نے ماں کی چیخیں سنی۔ کسی نے اسے زمین پر گرا کر اس کی شلوار کھینچ لی۔ ساجدہ نے اپنی ٹانگوں کے درمیان ایک زبردست درد محسوس کیا جیسے کیسی نے چھری سے اس کو کاٹا ہو۔ یہ درد پھر سارے بدن میں پھیل گیا۔ اسکے بعد اس کی آنکھوں میں اندھیرا چھا گیا۔

کچھ دنوں بعد جب ساجدہ کی آنکھ کھولی تو اس کا سارا بدن آگ کی طرح جل رہا تھا۔

"ماں، ساجدہ چلائی"۔ نرس نے جھک کر ساجدہ کو گلے سے لگالیا۔

"میری ماں کہاں ہے ؟۔ "نرس کی آنکھوں سے آنسو گرنے لگے۔

" دائی ماں آپ ساجدہ کو بھی اپنے پاس رکھ لیں"۔

"یہ گیارویں بچی ہے میں ان سب کی کیسے دیکھ بھال کروں گی۔" محلے کی دائی نے کہا۔

"ہم آپ کی پیسوں سے مدد کریں گے۔ مگر ہسپتال میں زخمیوں کے لئے جگہ کی ضرورت ہے۔"

"بیٹی تم مجھ کو اپنی ماں سمجھو"۔ دائی ماں نے ساجدہ کا ہاتھ پیار سے پکڑا اور کھلی جگہ میں لائی۔

"اب یہ سب لڑکیاں تمہاری دوست اور بہن ہیں یہ تمہارے سونے کی جگہ ہے"۔ دائی ماں نے ایک چادر کیطرف اشارہ کیا۔

ہر لڑکی کی کچھ نہ کچھ ذمّہ داری تھی۔ ساجدہ کے ذمّہ کنویں سے پانی لانا تھا۔ وہ صبح جاتی اور کنویں سے پانی لاتی۔ کنواں بہت دور تھا اور ہر وقت لائن لگی ہوتی تھی اور اس کی وجہ سے پانی لانے میں کافی وقت لگتا تھا۔ جیسے جیسے وقت گزرا بچیوں کے پیٹ بڑھنے لگے۔ دائی ماں کو بچیوں کو بتانا پڑا کہ ان کے جسم میں یہ تبدیلیاں کیوں آرہی ہیں۔

ساجدہ کو خاموشی لگ گئ اُس نے سب سے بات کرنا چھوڑ دیا۔ ہر وقت اپنے پیٹ کو نوچتی رہتی یہاں تک کہ اس سے خون رسنے لگتا اور دائی اماں اس کے ہاتھ باندھ دیتی۔ ساجدہ۔۔۔۔جو کچھ بھی اسکے پیٹ میں تھا اس کو نکال کر پھینک دینا چاہتی تھی۔

نو ماہ گزر گے۔ دائی ماں کا گھر بچوں سے بھر گیا۔ بہت بچے ماں پر نہیں گئے۔ ان سانولی ماؤں کے بچوں کے رنگ سانولے نہ تھے۔ رنگ کے علاوہ ساجدہ کا بچہ اندھا پیدا

ہوا۔ ساجدہ کو اس بچے سے ایسی نفرت تھی کہ اس نے اس سے بالکل تعلق قطع کر لیا۔ دوسری لڑکیاں اس بچہ کی دیکھ بھال کرتیں۔ ساجدہ اپنے حصہ کا کام روز کرتی اور ہر شام پہاڑی پر بیٹھ کر نیچے بہتے دریا کو دیکھتی۔ اسی طرح کی ایک شام وہ پہاڑی پر بیٹھی تھی کہ ایک چیل اس سے کچھ دور آ کر بیٹھی۔ ساجدہ نے چیل سے پوچھا تم کیوں اُڑتی ہو؟ چیل نے اپنے پر پھیلائے۔ ساجدہ نے کھڑے ہو کر چیل کی نقل کی۔ چیل نے پہاڑی کے کنارے کی طرف چلنا شروع کیا ساجدہ نے بھی۔ چیل نے اپنے پر ہلائے اور وہ اڑنے لگی۔ ساجدہ کنارے تک پہونچ چکی تھی۔ اس نے بھی ایک قدم بڑھایا۔۔۔۔۔۔۔۔۔۔ اور وہ بھی بہ پرواز تھی۔ اس نے ہوا کو اس طرح محسوس کیا جیسے ہوا اس کے جسم سے اس کے بھائیوں کی دی ہوئی غلاظت کو صاف کر رہی ہو۔ پہلی بار اس نے اپنے آپ کو ہلکا محسوس کیا۔ آخری بار ساجدہ نے سوچا پرندے کیوں اُڑتے ہیں؟۔ وقت رک گیا۔ اور ساجدہ کا ذہین خاموش ہو گیا۔

(٦) دعا

یٰسین احمد

آج کی شب اجتماعی دعاء کا اہتمام کیا گیا تھا

جیسے ہی شام کا ملگجی دھند لکارات کے اندھیرے میں مدغم ہوا، مختلف عورتیں ایک کے بعد ایک اس ہال میں جمع ہونے لگی تھیں کو اطراف و اکناف کے گھروں میں رہتی تھیں۔ نہایت ہی خاموشی سے اپنے اپنے گھروں سے نکل کر چھپتی چھپاتی وہاں پہنچ رہی تھیں۔ انتہائی سیمی سہی سی کسی بے روح جسم کی طرح، حالاں کہ وہ سب زندہ تھیں۔ لیکن حیات کی تازگی اور توانائی سے محروم ہو چکی تھیں۔ اپنی سسکتی روحوں پر غموں کا انبار لئے بھیگی بھیگی پلکوں اور تھکے تھکے قدموں سے اس عمارت کے ایک چھوٹے سے ہال میں داخل ہو رہی تھیں جو شاید بم باری کی وجہ سے تباہ و تاراج ہو چکی تھی۔ لیکن ہال کا دم خم ابھی مکمل طور پر ٹوٹا نہیں تھا۔ البتّہ بارود اور دھوئیں کی بو کسی خبیث روح کی طرح چاروں طرف منڈلا رہی تھی۔

کبھی وہ عمارت کسی ذی حیثیت آدمی کی ملکیت تھی۔ لیکن وہ اب اس دنیا میں نہیں رہا تھا۔ کچھ ہفتوں پہلے اچھا خاڈا گھر سے نکلا تھا لیکن اسٹریچر پر رکھ کر کچھ آدمی اسے گھر لائے تو اس کی شناخت مشکل ہو گئ تھی۔ اس کی بیوی زندہ در گور ہو گئ تھی۔ اس نے مشکل سے زندگی کی پچّیس چھبّیس منزلیں طے کی تھیں لیکن اس دلدوز حادثے نے اس پر قبل از وقت بڑھاپا طاری کر دیا تھا اور وہ اپنی حقیقی عمر سے پندرہ بیس

سال بڑی معلوم ہونے لگی تھی۔ لیکن پہاڑ جیسا دل لائی تھی اس لئے اپنے سینے پر صبر کی سِل رکھ کر دوسروں کے غموں میں شریک ہوتی پھر رہی تھی۔ شاید اس طرح بھی زخم مندمل کئے جاتے ہیں۔

اسی بیوہ نے اجتماعی دعاء کا اہتمام کیا تھا، وہ خود سب سے پہلے ہال میں داخل ہوئی تھی۔ اس کا قد دراز تھا اور جسم بھرا بھرا، چہرہ کتابی اور بال سیاہ گھنے۔ لیکن اس وقت اتنے خوبصورت بال الجھے الجھے اور بے ترتیب تھے۔ وہ جوان زلفوں کی چھاؤں میں دفینے ڈھونڈا کرتا تھا، ان زندہ نہیں رہا تو کس کے لئے بناؤ سنگھار کرتی!!

دراصل قیامت صرف اس پر نہیں ٹوٹی تھی۔ سارا شہر جل رہا تھا۔ بستیاں جل رہی تھیں۔ ہر دن عورتیں بیوہ ہو رہی تھیں۔ ماؤں کی گود اجڑ رہی تھی۔، ضعیف باپ اور جوان بہنیں بے یار و مددگار ہو رہی تھیں۔ یوں بھی وہ شہر بڑا بد نصیب تھا کہ روزِ اوّل ہی سے یہاں کی زمین خون میں نہاتی رہی تھی۔ اور آج بھی وہی ہو رہا تھا۔ انسانی لہو پانی کی طرح بہہ رہا تھا حالاں کہ یہاں کی زمین سیّال سونا اگلتی تھی۔ اور کسی گھر میں بھی دولت کی کمی نہیں تھی۔ لیکن بد نصیبی ان کا پیچھا نہیں چھوڑتی تھی۔ ہر چہرہ پریشان اور ہر گھر میں آنسوؤں کی برکھا جاری تھی۔

یہ سب کچھ اس ابلیس کی وجہ سے ہو رہا تھا جو بدی کا محور تھا۔ جو زبردستی ان کے گھروں میں گھس آیا تھا۔ دہشت گردی کے نام پر ہر روز معصوم انسان کٹ رہے تھے۔ ظلم و زیادتی کا یہ سلسلہ مہینوں سے جاری تھا اور اس کے ختم ہونے کے کوئی آچار نظر نہیں آ رہے تھے۔

لیکن آج ایک ہلکی سی امّید کی کرن ابھر آئی تھی۔ کیوں کہ ان لوگوں نے سنا تھا کہ وہ اپنی زندگی کی آخری سانسیں لے رہا ہے۔ وہ چاہتے تھے کہ ظلم و ستم کا یہ باب ہمیشہ کے

لئے ختم ہو جائے اور اس کا دوبارہ جنم نہ ہو۔

اس اجتماعی دعاء کا مقصد یہی تھا کہ سب مل کر رب العزّت کی بارگاہ میں گڑگڑائیں اور اس کے خاتمے کے لئے دعائیں کریں۔ اب ان کے لئے دعاء ہی سب سے بڑا ہتھیار تھا۔' ہر ایک خاتون سائے کی طرح چل کر ہال میں داخل ہو رہی تھی۔ رات کی ابتدائی ساعتیں تھیں۔ باہر گہری تاریکی چاروں طرف چھانے لگی تھی۔ اور اندر ہال میں روشنی تھی۔ لیکن کم کم، اتنی کہ ایک دوسرے کے چہرے کو پہچان سکیں۔

اس بیوہ کے بعد جو دوسری خاتون ہال میں داخل ہوئی وہ بہت کم عمر تھی۔ اس کے مرجھائے ہوئے چہرے سے شادابی غائب ہو چکی تھی۔ بڑی بڑی سیاہ آنکھوں میں یاسیت نے مستقل ڈیرا جما لیا تھا۔ اس نے اپنے شوہر ہی نہیں سات آٹھ سال کے شیر خوار بچّے کو بھی ہمیشہ کے لئے کھو دیا تھا۔ حالاں کہ اس شیر خوار کو نذرِ خاک کئے تین ہفتے ہو چکے تھے لیکن اس کے وجود سے ممتا کی علامتیں جدا ہونے نہ پائیں تھیں۔ اب بھی ایک چادر میں اس چھپے ہوئے اس کے جسم کا اوپری حصّہ گیلا ہو رہا تھا۔

ہال میں داخل ہوتے ہی عمارت کی مالکن کو دیکھ کر وہ بے ساختہ سسک پڑی۔ عمارت کی مالکن نے اس کے شفقت سے اس کے کاندھے پر ہاتھ رکھا۔ 'میں تمھارا غم سمجھتی ہوں۔ خدا تمھیں صبر جمیل عطا کرے'۔

'میرا بچّہ تو دودھ پیتا تھا'۔ وہ سسکیوں کے درمیان بولی۔ 'اس کی قسمت کا دودھ۔۔۔' وہ خاموش ہو گئ اور اس نے اپنے جسم سے چادر ہٹا دی۔ جو منظر عمارت کی مالکن نے دیکھا وہ نا قابلِ بیان تھا۔ اس کے سارے جسم میں جھر جھری سی دوڑ گئ۔ اس نے فوراً جوان بیوہ کی چادر برابر کر دی۔

ہال میں داخل ہونے والی تیسری خاتون انتہائی ضعیف تھی۔ وہ بہت مشکل سے وہاں

تک چلتی ہوئی آئی تھی کہ اس اجتماعی دعاء میں شریک ہو سکے۔ اس کے لئے زندگی اب ایک بوجھ کے سوا کچھ نہ تھی۔ کیونکہ اس کا واحد سہارا چھینا جا چکا تھا۔ اور اب باقی زندگی کا ایک ایک پل گزارنا مشکل تھا۔ جتنی عورتیں وہاں آ رہی تھیں، وہ سب کی سب حالات کا شکار تھیں۔ ان کی المناک داستانیں کلیجہ چیر کر رکھ دیتی تھیں۔

آدھے گھنٹے کے اندر عمارت کا چھوٹا سا ہال کھچا کھچ بھر گیا۔ سب خاموش تھیں، غم زدہ تھیں اور خوف زدہ بھی کہ معلوم نہیں کب کس لمحے میں کوئی قیامت ان پر ٹوٹ پڑے۔

ایک عورت منے کہا۔ 'رات گہری ہونے سے پہلے ہمیں اپنی دعاء مکمل کر لینی چاہئے تاکہ جلد سے جلد اپنے گھروں کو لوٹ جائیں'۔

عمارت کی مالکن اٹھ کھڑی ہوئی۔

'ہاں میں بھی یہی چاہتی ہوں۔ اب کسی اور کا انتظار نہیں کرنا چاہئے'

اور پھر ایک لمحے کو وہ رکی اور بولی۔ 'یہ ہماری بدنصیبی ہے کہ وہ ابلیس ہمارے ملک میں، ہمارے شہر میں اور ہمارے گھروں میں داخل ہو کر ہم پر ستم ڈھا رہا ہے۔ ہر دن ہمارا سہاگ اور ہماری اولاد موت کے گھاٹ اتر رہی ہے۔ ہمارے گھر جل رہے ہیں، آیئے ہم سب مل کر دعاء کریں کہ اس کا دوسرا جنم نہ ہو اور وہ ہمیشہ کے لئے نِٹ جائے۔ دعاؤں میں بڑی تاثیر ہوتی ہے۔ دعاؤں سے تقدیریں بدل جاتی ہیں۔ ممکن ہے کہ ہماری بھی تقدیر بدل جائے۔'

'بے شک بے شک۔۔۔' سب عورتوں نے دھیمی آواز میں ایک زبان ہو کر کہا اور اپنی اپنی جگہ سے اٹھنے لگیں۔ انھوں نے اپنے سروں پر چادروں کو پھیلایا اور دعا کے

لئے اپنے ہاتھ بلند کئے۔

'اے معبود۔۔۔۔!'

اچانک ان کی آواز حلق میں پھنس گئ۔ آگے وہ کچھ نہ کہہ سکیں کیوں کہ عین اسی لمحے ایک زوردار آواز کے ساتھ ہال کا دروازہ کھلا تھا اور ایک نوجوان عورت بدحواسی کے عالم میں اندر داخل ہوئ۔ اس کی سانس پھول رہی تھی لگتا تھا کہ وہ بہت دور سے دوڑتی ہوئ آئ ہے۔ ہال میں کھڑی عورتوں کی اس کی طرف گھوم گئیں۔ اس عورت نے وہیں کھڑے کھڑے ہانپتی ہوئ آواز میں کہا۔ 'غضب ہو گیا۔۔۔ ابھی ابھی میں نے ٹی وی پر دیکھا ہے کہ وہ ابلیس ایک اور جنم لینے میں کامیاب ہو گیا ہے۔۔۔۔'

اس ہانپتی ہوئ عورت کی آواز ان سب پر بموں کی طرح پھٹی اور دعا کے لئے اٹھے ہوئے ہاتھ اچانک یوں گر گئے جیسے مفلوج ہو گئے ہوں۔۔۔

***

سوچ۔۔ جلیل حیدر لاشاری

آج سبزی منڈی پہنچتے مجھے دیر ہو گئ۔ راستے میں ٹریفک اتنی بری طرح پھنسی ہوئی تھی کہ پورا گھنٹہ ٹریفک کی نذر ہو گیا۔ اور اوپر سے سڑک پر اتنے بڑے اور گہرے گڑھے کہ آپ پہلے دوسرے گیئر سے آگے گاڑی چلا ہی نہیں سکتے۔ اور مزید ظلم یہ کہ ان ٹوٹی پھوٹی سڑکوں پر سپیڈ بریکر!۔ مجھے آج تک سمجھ نہیں آئی کہ ٹوٹی ہوئی سڑکوں پر سپیڈ بریکر بنانے کی کیا تک ہے۔ بہر حال جیسے تیسے منڈی پہنچا تو دیکھا پارکنگ پر گاڑیاں ہی گاڑیاں ہیں۔ دیر سے پہنچنے کا کچھ تو خمیازہ بھگتنا چاہیے۔ بڑی دور جا کر گاڑی پارک کرنے کو جگہ ملی۔ دراصل آج اتوار کا دن ہے اور میری طرح ملازمت پیشہ لوگ چھٹی والے دن ہی بازار اور سبزی منڈی کا رُخ کرتے ہیں اور پورے ہفتے کی اشیاء اور سبزی وغیرہ لے کے

فرجوں میں ٹھونس کے پورے ہفتے کے لیے بے چنت ہو جاتے ہیں۔ اتوار والے دن سبزی خریدنے کے دو تین نقصانات ہیں مثلاً پارکنگ کے لیے جگہ نہیں، سبزی کا ریٹ عام دنوں سے زیادہ ہو گا کیونکہ دوکانداروں کو پتہ ہوتا ہے کہ تنخواہ دار طبقے کے پاس ایک تو پیسے بہت ہوتے ہیں اور دوسرا ایک اتوار کا دن ہوتا ہے، سبزی جس ریٹ پہ ملے انہوں نے لینی ضرور ہے اور ایک اہم بات اتوار والے دن شہر کے سارے نہیں تو آدھے بھکاری سبزی منڈی ضرور پہنچے ہوتے ہیں۔ آپ ابھی اپنی سواری سے اُترے نہیں وہ فوراً آپ کے پاس پہنچ گئے۔ ان میں بعض اتنے بے حوصلہ ہوتے ہیں کہ آپ کو اپنی سواری سے اترنے ہی نہیں دیتے اور پہلے دستِ سوال دراز کر دیتے ہیں۔ بعض تو گاڑی کے شیشے اتنے زور سے کھٹکھٹاتے ہیں کہ لگتا ہے شیشہ توڑ کے ہی دم لیں گے۔ بعضوں نے تو بھیک مانگنے کے جدید طریقے ایجاد کیے ہوتے ہیں۔ مثلاً کسی پرانے بوسیدہ کاغذ پر کسی ڈاکٹر کا نہ پڑھا جانے والا نسخہ، چھپے ہوئے جیبی سائز کے کارڈ جن پر ان کے رُلا دینے والے حالات لکھے ہوتے ہیں وغیرہ وغیرہ۔ ابھی پچھلے دنوں کی بات ہے میرے پریپ کلاس میں پڑھتے بیٹے نے بازار میں شوارما خریدتے ایک فقیرنی کو دیکھا اور مجھ سے میرا موبائل فون لے کر اُس کی فوٹو بنالی۔ اب وہ فوٹو گھر میں سب کو دکھاتا پھرتا ہے۔

آج منڈی کافی مہنگی تھی۔ آلو، ٹماٹر، پیاز تو بہت مہنگے تھے۔ بیس تیس روپئے کلو بکنے والا ٹماٹر ایک سو بیس روپے کلو بِک رہا تھا لیکن اس کے باوجود آج بھی منڈی میں بہت رش تھا۔ میں پھل لینے کے لیے ایک دکان پر رکا تو دیکھا کہ ایک دکان دار اور ایک برقع پوش ادھیڑ عمر خاتون کے درمیان تکرار جاری تھی۔ خاتون کا اصرار تھا کہ کچھ دیر پہلے خریدے گئے سیب وہ واپس لے لے کیونکہ اس کے پاس اب واپسی کا کرایہ ختم ہو گیا ہے۔ دکان دار نہ لینے پر بضد تھا۔ دکاندار کا موقف تھا کہ ایک تو وہ خریدی ہوئی چیز واپس نہیں

کرتا دوسرا واپس کیے جانے والے سیبوں کا ایک پاؤ وزن کم ہے۔ خاتون وزن میں کمی ماننے کے لیے بالکل تیار نہ تھی لیکن دکان دار سب کے سامنے سیبوں کا وزن کر کے اپنے موقف میں وزن پیدا کر رہا تھا۔ خاتون کہہ رہی تھی کہ پہلے تم نے دوسرے باٹ سے وزن کیا تھا مگر اب دوسرے سے کر رہے ہو۔ جب دکاندار بالکل ہی نہیں مانا تو خاتون نے سیبوں کا تھیلا میری طرف بڑھاتے ہوئے انتہائی لجاجت آمیز لہجے میں کہا" صاب جی ! آپ یہ سیب لے لیں، سبزی مہنگی تھی میں نے سیب لے لیے تھے لیکن اب حساب کیا تو واپسی کا کرایہ نہیں بچتا" میں نے دل میں سوچا یہ بھیک مانگنے کا جدید طریقہ ہے۔ پہلے وزن کم کر کے سیب واپس کرنے کی کوشش کی۔ جب اس طرح دال نہیں گلی تو کسی سفید پوش کو دیکھ کر اس سے رقم بٹورنے کی ٹھان لی۔ لیکن اس کے لہجے میں اتنا دُکھ اور بے بسی چھپی تھی کہ ایک پل کے لیے میں بھی سوچ میں پڑ گیا کہیں یہ واقعی ضرورت مند نہ ہو۔ لیکن دوسرے ہی لمحے خیال آیا دُکھی لہجے میں بولنا تو ان لوگوں کے بائیں ہاتھ کا کھیل ہے۔ میں اس سے توجہ ہٹا کر دکان دار سے پھلوں کے ریٹ پوچھنے لگا۔ وہ خاتون پھر مجھ سے اسی دُکھی لہجے میں درخواست کرنے لگ گئی۔ میں نے جان چھڑانے کے لیے ایسے ہی پوچھ لیا کتنے کے ہیں یہ تمہارے سیب؟ وہ بولی صاب جی چالیس روپے کے ہیں۔ پتہ نہیں مجھے کیا ہوا میں نے جیب کی طرف ہاتھ بڑھایا اور پچاس روپے کا نوٹ نکال کر خاتون کو دے دیا۔ خاتون نے کہا صاب جی میرے پاس دس روپے تو نہیں ہیں۔ میں نے کہا کوئی بات نہیں یہ سیب بھی رکھ لو اور دس روپے بھی۔ یہ کہہ کر میں دکان دار کی طرف متوجہ ہو گیا اور پھل لینے میں مصروف ہو گیا۔ پتہ نہیں وہ کب وہاں سے چلی گئی۔

" صاب جی اس طرح کی یہاں کئی پھرتی ہیں۔ لوگوں نے بھیک مانگنے کے نئے سے نئے طریقے ڈھونڈ رکھے ہیں۔ آپ بھی صاب بہت سخی لگتے ہو سیب بھی نہیں لیے اور

پیسے بھی دے دیے"۔ میں دل ہی دل میں اپنے آپ کو کوسنے لگا کہ میں کیوں ایک بھکارن کے دھوکے میں آگیا۔ پھر یہ کہہ کر دل کو تسلی دی کہ یار کون سی بڑی رقم وہ مجھ سے ہتھیا کر لے گئی ہے، ہیں تو معمولی سے پچاس روپے ہی۔ دکان دار نے بھی شاید میری دل میں کی گئی خود کلامی سن لی تھی، کہنے لگا-" صاب جی پریشان نہ ہو، پچاس روپے کوئی بڑی رقم نہیں ہے، بس آئندہ احتیاط کرنا اس طرح کی ٹھگی عورتوں سے" دوکان دار نے ترازو سے دو کلو کا پرانا باٹ نئے دو کلو کے باٹ سے یوں بدلا جیسے میں کچھ نہیں دیکھ رہا!!

میں منڈی اور کار تک عام طور پر دو تین چکر لگاتا ہوں۔ ہفتے بھر کی سبزی ایک چکر میں کہاں آتی ہے۔ جب میں آخری چکر کے بعد کار کے قریب پہنچا تو مجھے کار کی چھت پر ایک نیلے رنگ کا شاپر نظر آیا، پہلے تو میں ڈر گیا کہیں کسی نے کوئی دھماکہ خیز مواد تو نہیں رکھ دیا لیکن فوراًیہ خیال آتے ہی تسلی ہوئی کہ دھماکہ خیز مواد کار کے نیچے رکھا جاتا ہے، اوپر نہیں۔ میں نے کار میں سبزی کا آخری تھیلا رکھنے کے بعد شاپر اُٹھا کر کھولا تو اس میں دو کلو سیب اور دس روپے پڑے میری بھکاریوں کے متعلق سوچ کا مذاق اُڑا رہے تھے!!

(۷) کیک

اصغر وجاہت

اُنہوں نے میز پر ایک زوردار گھُونسا مارا اور میز بہُت دیر تک ہِلتی رہی۔ میں کہتا ہُوں جب تک ایٹ اے ٹائیم پانچ سو لوگوں کو گولی سے نہیں اُڑا دِیا جائے گا، حالات ٹھیک نہیں ہو سکتے۔ اَپنی خاصی سپیکنگ پاور برباد کر کے وہ ہانپنے لگے۔ پھِر اُنہوں نے اَپنا اُوپری ہونٹ نِچلے ہونٹ سے دبا کر مُجھے گھُورنا شُروع کِیا۔ وہ یقیناً سمجھ گئے تھے کہ میں مُسکرا رہا ہُوں۔ پھِر اُنہوں نے گھُورنا بند کر دِیا اور اَپنی پلیٹ پر پِل پڑے۔

روز ہی رات کو سیاست پر بات ہوتی ہے۔ دِن کے دو بجے سے رات آٹھ بجے تک پرُوف ریڈِنگ کا گھٹِیا کام کرتے کرتے وہ کافی کھِسیا اُٹھتے ہیں۔

میں نے کہا، 'اُن پانچ سو لوگوں میں آپ اَپنے کو بھی جوڑ رہے ہیں؟'

'اَپنے کو کیوں جوڑوں؟ کیا میں کرُوک پالِٹیشین ہُوں یا سمگلر ہُوں یا کروڑوں کی چوربازاری کرتا ہُوں؟' وہ پھِر مُجھے گھُورنے لگے تو میں ہنس دِیا۔ وہ اَپنی پلیٹ کی سمت دیکھنے لگے۔

'آپ لوگ تو کِسی بھی چیز کو سیریسلی نہیں لیتے ہیں۔'

کھانے کے بعد اُنہوں نے جھُوٹی پلیٹیں اُٹھائیں اور کِچن میں چلے گئے۔ کرُسی پر بیٹھے ہی بیٹھے مِسیز ڈِسُوزا نے کہا، 'ڈیوڈ، میرے لِئے پانی لیتے آنا۔'

ڈیوڈ جگ بھر کر پانی لے آئے۔ مِسیز ڈِسُوزا کو ایک گلِاس دینے کے بعد بولے، 'پی

لیجئے مِسٹر، پی لیجئے۔'

میرے اِنکار کرنے پر جلے کٹے طریقے سے چمکے، 'تھینکس ٹُو گاڈ! یہاں دِن بھر پانی تو مِل جاتا ہے۔ اگر اِندر پُری میں رہتے تو پتا چل جاتا۔ خیر، آپ نہیں پیتے تو میں ہی پیئے لیتا ہُوں، 'کہہ کر وہ تین گِلاس پانی پی گئے۔

کھانے کے بعد اِسی میز پر ڈیوڈ صاحب کام شُروع کر دیتے ہیں۔ آج بھی وہ پرُوف کا پُلندا کھول کر بیٹھ گئے۔ اُنہوں نے میز صاف کی۔ میز کے پائے کی جگہ اِینٹوں کو ہاتھ سے ٹھیک کِیا، تاکہ میز ہِل نہ سکے۔ پھِر ٹُوٹی کُرسی پر بیٹھے بیٹھے اَچانک اَکڑ گئے اور ناک کا چشمہ اِس طرح فِٹ کِیا جیسے بندُوق میں گولِیاں بھر لی ہوں۔ ہونٹ خاص طرح سے دبا لِئے۔ پرُوف مسوّدے سے مِلانے لگے۔ گولِیاں چلنے لگیں۔ اِسی طرح ڈیوڈ صاحب رات بارہ بجے تک پرُوف دیکھتے رہتے ہیں۔ اِسی بیچ سے کم سے کم پچاس بار چشمہ اُتارتے اور لگاتے ہیں۔ بندوق میں کُچھ خرابی ہیں۔ پانچ سال پہلے آنکھیں ٹیسٹ کروائی تھیں اور چشمہ خریدا تھا۔ اَب آنکھیں زیادہ کمزور ہو چکی ہیں، مگر چشمے کا نمبر نہیں بڑھ پایا ہے۔ ہر مہینے کی پندرہ تاریخ کو وہ اَگلے مہینے آنکھیں ٹیسٹ کروا کر نیا چشمہ خریدنے کی بات کرتے ہیں۔ بندوق کی قیمت بہُت بڑھ چکی ہے۔ پرُوف دیکھنے کے بیچ پانی پئیں گے تو وہ 'باسو کی جے` کا نارا لگائیں گے۔ 'باسو` اُنکا باس ہے جِس سے اُنہیں کئی درجن شِکایتیں بھی ہیں۔ ایسی شِکایتیں بیشتر چھوٹا کام کرنے والوں کو ہوتی ہیں۔

'بڑا جان لیوا کام ہے صاحب۔' وہ دو ایک بار سر اُٹھا کر مُجھ سے کہتے ہیں۔ میں 'ہُوں ہاں` میں جواب دے کر بات آگے بڑھنے نہیں دیتا۔ لیکِن وہ چُپ نہیں ہوتے۔ چشمہ اُتار کر آنکھوں کی رگڑائی کرتے ہیں، 'بڑی ہائی لیوِل بنگلنگ ہوتی ہے۔ اَب تو چھوٹے موٹے کرپشن کیس پر کوئی چونکتا تک نہیں۔ پُوری مشینری سڑ گل چکی ہے۔ یہ آدمی نہیں،

کُتّے ہیں کُتّے۔۔۔ میں بھی آزادی سے پہلے گاندھی کا سٹانچ سپورٹر تھا اور سمجھتا تھا کہ نان وائیلینس اِز د بیسٹ پالِسی۔ لٹکا دو پانچ سو آدمیوں کو سُولی پر۔ اَرے، اِن سالوں کا پبلِک ٹرایل ہونا چاہئے، پبلِک ٹرایل!'

'پبلِک ٹرایل کون کرے گا، ڈیوڈ صاحب،' میں جھلاّ جاتا ہُوں۔ اِتنی دیر سے لگاتار بکواس کر رہے ہیں۔

وہ دونوں ہاتھوں سے اَپنا سِر پکڑ کر بیٹھ جاتے ہیں۔

'ماسیج میں اَگر لیفٹ فورسیز۔۔۔'، وہ دھیرے دھیرے بہت دیر تک بڑبڑاتے رہتے ہیں۔

میں جاسُوسی ناول کے ہیرو کو ایک بار پِھر گولیوں کی بوچھار سے بچا دیتا ہُوں۔

وہ کہتے ہیں، 'آپ، بھی کیا دو ڈھائی سو رُوپۓ کے لِئے گھٹِیا ناول لِکھا کرتے ہیں!'

میں مُسکرا کر اُنکے پرُوف کے پُلِندے کی طرف دیکھتا ہُوں اور وہ چُپ ہو جاتے ہیں۔ گمبھیر ہو جاتے ہیں۔

'میں سوچتا ہُوں بردر، کیا ہم تُم اِسی طرح پرُوف پڑھتے اور جاسُوسی ناول لکھتے رہیں گے؟ سوچو تو یار! دُنیا کِتنی بڑی ہے۔ یہ ہمیں معلُوم ہے کہ کِتنی اَچھّی طرح سے زِندگی گُزاری جا سکتی ہے۔ کِتنا آرام اور سُکھ ہے، کِتنی بیُوٹی ہے۔۔۔'

'پریشانی تو میرے لِئے ہے، ڈیوڈ صاحب۔ آپ تو بہُت سے کام کر سکتے ہیں۔ مُرغی خانہ کھول سکتے ہیں۔ بیکری لگا سکتے ہیں۔۔۔'

وہ آنکھیں بند کر کے شک بھری ہنسی ہنسنے لگتے ہیں۔ اور کمرے کی ہر ٹھوس چیز سے ٹکرا کر اُنکی ہنسی اُنکے مُونہہ میں واپس چلی جاتی ہے۔

اَکثر کھانے کے بعد وہ ایسی ہی بات چھیڑ دیتے ہیں۔ کام میں من نہیں لگتا اور وقت

بوجھ لگنے لگتا ہے۔ جی میں آتا ہے کہ لوہے کی بڑی سی راڈ لے کر کسی فیشنیبل کالونی میں نِکل جاؤں۔ ڈیوڈ صاحب تو ساتھ چلنے پر تیّار ہو جائیں گے۔ وہ پھِر بولنے لگتے ہیں اور اُنکے پسندیدہ الفاظ 'بِچ`، 'کرُوک`، 'نان سینس`، 'بنگلِنگ`، 'پبلِک ٹرایل`، 'ایکسپلائیٹیشن`، 'کلاس سٹرگل` وغیرہ بار بار سُنایی پڑتے ہیں۔ بیچ بیچ میں وہ ہِندُوستانی گالِیاں فرّاٹے سے بولتے ہیں۔

'اَب کیا ہو سکتا ہے ! پچّیس سال تک پرُوف ریڈری کے بعد اَب اور کیا کر سکتا ہُوں۔ سن 1948 میں دِلّی آیا تھا۔ اَرے ساب، ڈِفینس کالونی کی زمین تین رُوپۓ گز میرے سامنے بِکی ہے، جِس کا دام آج چار سو رُوپۓ ہے۔ نِظامُ الدّین سے اوکھلا تک جنگل تھا جنگل۔ کوئی شریف آدمی رہنے کو تیّار ہی نہیں ہوتا تھا۔ اَگر اُس وقت اُتنا پیسا نہیں تھا اور آج۔۔۔۔ سینیر کیمبرِج میں تیرے ساتھ پڑھتا تھا۔ اَب اَگر آپ آج اُسے دیکھ لیں تو مان ہی نہیں سکتے کہ میں اُسکا کلاس فیلو اور دوست تھا۔ گوراچِٹّا رنگ، اے کلاس صحت، ایک جیپ، ایمبیسیڈر اور ایک ٹریکٹر ہے اُسکے پاس۔ مِرزاپور کے پاس فارمِنگ کرواتا ہے۔ اُس زمانے میں دس رُوپۓ بیگھا زمین خریدی تھی اُسنے۔ مُجھ سے بہُت کہا تھا کہ تُم بھی لے لو ڈیوڈ بھائی، چار-پانچ سو بیگھا۔ بِالکُل اُسی کے فارم کے سامنے پانچ سو بیگھے کا پلاٹ تھا۔ اے-کلاس فرٹائیل زمین۔ لیکِن اُس زمانے میں مَیں کُچھ اور تھا۔' وہ کھِسیانی ہنسی ہنسے، 'آج اُسکی آمدنی تین لاکھ رُوپۓ سال ہے۔ اَپنی ڈیرّی، اَپنا مُرغی خانہ - ٹھاٹھ ہیں، سب ٹھاٹھ۔' ڈیوڈ صاحب خوش ہو گئے جیسے وہ سب اُنہیں کا ہو۔ پرُوف کے پُلندے کو اُٹھا کر ایک کونے میں رکھتے ہوئے بولے، 'میری تو قِسمت میں اِس شاندار کمرے میں مِسیز ڈِسُوزا کا کرائے دار ہونا لِکھا تھا۔'

مِسیز ڈِسُوزا کو پچاس رُوپۓ دو، کمرا مِل جائے گا۔ پچّیس رُوپۓ اور دو تو صبح ناشتہ مِل

جائے گا اور تیس رُوپئے دورات کا کھانا، جِسے مِسیز ڈِسُوزا انگریزی کھانا کہتی ہیں، مِل جائے گا۔ مِسیز ڈِسُوزا کے کمرے سے لگی تصویروں کو، جو بیشتر اُنکی جوانی کے دِنوں کی ہیں، کِرائے دار ہٹا نہیں سکتا۔ کِسی تصویر میں وہ موم بتّی کے سامنے بیٹھی کِتاب پڑھ رہی ہیں، تو کِسی میں اَپنے بال گود میں رکھے خلا میں دیکھنے کی کوشش کر رہی ہیں۔ کُچھ لوگوں کا تعارف اَنگریز اَفسر کے رُوپ میں کرواتی ہیں، پر دیکھنے میں وہ سب ہِندُستانی لگتے ہیں۔ ایک تصویر مِسیز ڈِسُوزا کی لڑکی کی بھی ہے، جو ڈیوڈ صاحب کی میز پر رکھا رہتا ہے۔ لڑکی اصل میں کنٹاپ ہے۔ چھِنال پنا اُس کے چہرے سے ایسا ٹپکتا ہے کہ اَگر سامنے کوئی برتن رکھ دے تو دِن میں دسیوں بار خالی کرنا پڑے۔ کُچھ پڑوس والوں کا یہ بھی کہنا ہے کہ اِسی تصویر کو دیکھ دیکھ کر ڈیوڈ صاحب نے شادی کرنے اور بچّا پیدا کرنے کی صلاحیت سے ہاتھ دھو لِئے ہیں۔ مِسیز ڈِسُوزا دیسی عِیسائیّوں کی کئی لڑکیاں اُنکے لِئے کھوج چکی ہیں۔ مگر سب بیکار۔ وہ تو ڈھائی سو وولٹیج ہی کے کرنٹ سے جل بھُن کر راکھ ہو چُکے تھے اور ایک دِن تنگ آکر مِسیز ڈِسُوزا نے محلّے میں اُن کی نامردی کا اعلان کر دِیا اور اُنکے سامنے کپڑے بدلنے لگیں۔

صبح کا دُوسرا نام ہوتا ہے۔ جلدی جلدی بِنا دُودھ کی چائے کے کُچھ کپ۔ رات کے دھوئے کپڑوں پر اُلٹا سیدھا پریس۔ جُوتے پر پالِش۔ اور دِن بھر پرُوف کریکٹ کرتے رہنے کے لِئے آنکھوں کی مساج۔ پرُوف کے پُلندے۔ کریکٹ کِئے ہوئے اور پریس سے آئے ہوئے۔ پھِر کریکٹ کِئے ہوئے پھِر آئے ہوئے۔ دھم! سالا زور سے گالی دے مارتا ہے، 'دیکھ لو بابُو، جلدی دے دو۔ بڑا صاحب کالم دیکھنا مانگتا ہے۔' پُوری زِندگی گھٹِیا قِسم کے کاغذ پر چھپا پرُوف ہو گئی ہے، جِسے ہم لگاتار کریکٹ کر رہے ہیں۔

گھر سے باہر نِکل کر جلدی جلدی بس سٹاپ کی طرف دوڑنا، جیسے کِسی کو پکڑنا ہو، ہم دونوں ایک ہی نمبر کی بس پکڑتے ہیں۔ راستیں میں ڈیوڈ صاحب مُجھ سے روز ایک سی

باتیں کرتے ہیں، 'ہری سبزیوں سے کیا فایدہ ہے، کِس سبزی میں کتنا سٹارچ ہوتا ہے۔ اَنڈے اور مُرغے کھاتے رہو تو اَسّی سال کی عُمر میں بھی لڑکا پیدا کر سکتے ہو۔` بکری اور بھینس کے گوشت کا باریک امتیاز اُنہیں اَچّھی طرح معلُوم ہے۔ اَنگریزی کھانے کے بارے میں اُن کی جانکاری اَتھاہ ہے۔ کیک میں کتنا میدا ہونا چاہئے۔ کتنے اَنڈے ڈالے جائیں۔ میوا اور جیلی کو کیسے مِلایا جائے۔ دُودھ کتنا پھینٹا جائے۔ کیک کی سِکائی کے بارے میں اُن کے اَلگ ہی خیالات ہیں۔ کریم لگانے اور کیک کو سجانے کے اُنکے پاس سیکڑوں فارمُولے ہیں جِنہیں اَب ہِندُستان میں کوئی نہیں جانتا۔ کبھی کبھی کہتے، 'اے سالے دھوتی باندھنے والے، کھانا کھانا کیا جانیں! ڈھیر ساری سبزی لے لی، تیل میں ڈالی اور کھا گئے بس، کھانا پکانا اور کھانا مُسلمان جانتے ہیں یا اَنگریز۔ اَنگریز تو چلے گئے، سالے مُسلمانوں کے پاس اَب بھینسے کا گوشت کھا کھا کر عقل موٹی کرنے کے سِوا کوئی چارہ نہیں ہے۔ بھینسے کا گوشت کھاؤ، بھینسے کی طرح عقل موٹی ہو جائے گی اور پھِر بھینسے کی طرح ہی کولہُو میں پِلے رہو۔ رات گھر آ کر بیوی پر بھینسے کی طرح پِل پڑو۔`

آج پھِر گھُوم پھِر کر وہ اَپنے ٹاپک پر آ گئے۔

'ناشتہ تو ہیوی ہونا ہی چاہِئے۔'

میں نے حامی بھری۔ اِس بات سے کوئی اُلُّو کا پٹّھا ہی اِنکار کر سکتا ہے۔

'ہیوی اور ایزی جیسٹِک؟' چلتے چلتے وہ اَچانک رُک گئے۔ ایک نئے بنتے ہوئے مکان کو دیکھ کر بولے، 'کسی بلیک مارکیٹیر کا معلُوم ہوتا ہے۔ پھِر اُنہوں نے اَکڑ کر جیب سے چشمہ نِکالا، آنکھوں پر فِٹ کر کے مکان کی اور دیکھا۔ فایر ہوا زوردار دھماکے کے ساتھ، اور سارا مکان اَڑ اَڑ دھڑام کر کے گِر گیا۔'

'بس، ایک گِلاس دُودھ، چار ٹوسٹ اور مکّھن، پورِج اور دو اَنڈے۔' اُنہوں نے

ایک لمبی سانس کھینچی، جیسے غبّارے میں سے ہوا نکل گئی ہو۔

'نہیں، میں آپ سے ایگری نہیں کرتا، فرُوٹ جُوس بہت ضرُوری ہے۔ بِنا۔۔۔'

'فرُوٹ جُوس؟' وہ بولے؟ 'نہیں اَگر دُودھ ہو تو اُسکی ضرُورت نہیں ہے۔'

'پراٹھے اور اَنڈے کا ناشتا کیسا رہےَ گا؟'

'ویری گُڈ، لیکن پراٹھے ہلکے اور نرم ہوں۔'

'اور اَگر ناشتے میں کیک ہو؟' وہ سپاٹ اور پھیکی ہنسی ہنسے۔

کئی سال ہوئے۔ میرے دِلّی آنے کے آس پاس۔ ڈیوِڈ صاحب نے اَپنی برتھ ڈے پر کیک بنوایا تھا۔ پہلے پُورا بجٹ تیّار کر لیا گیا تھا۔ سب خرچ جوڑ کر کُل ستّر رُوپئے ہوتے تھے۔ پہلی تاریخ کو ڈیوِڈ صاحب میدا، شکّر اور میوا لینے کھاری باولی گئے تھے۔ سارا سامان گھر میں پھر سے تولا گیا تھا۔ پھر اَچّھے بیکر کا پتا لگایا گیا تھا۔ ڈیوِڈ صاحب کے کئی دوستوں نے دریاگنج کے ایک بیکر کی تعریف کی تو وہ اُس سے ایک دِن بات کرنے گئے بِالکُل اُسی طرح جیسے دو دیشوں کے پردھان منتری گمبھیر سمسیاّوں پر بات چیت کرتے ہیں۔ ڈیوِڈ صاحب نے اُسکے سامنے ایک ایسا سوال رکھ دِیا کِہ وہ لاجواب ہو گیا، 'اَگر تُم نے سارا سامان کیک میں نہ ڈالا اور کُچھ بچا لِیا تو مُجھے کیسے پتا چلے گا؟' اِس مسئلے کا حل بھی اُنہوں نے خود کھوج لِیا۔ کوئی ایسا آدمی مِلے جو بیکر کے پاس اُس وقت تک بیٹھا رہے، جب تک کہ کیک بن کر تیّار نہ ہو جائے۔ ڈیوِڈ صاحب کو مِسیز ڈِسُوزا نے اِس کام کے لِئے اَپنے آپ کو کئی بار 'آفر' کِیا۔ مگر اصل میں ڈیوِڈ صاحب کو مِسیز ڈِسُوزا پر بھی اعتبار نہیں تھا۔ ہو سکتا ہے بیکر اور مِسیز ڈِسُوزا مِل کر ڈیوِڈ صاحب کو چوٹ دے دیں۔ جب پُوری دِلّی میں 'معتبر' آدمی نہیں مِلا تو ڈیوِڈ صاحب نے ایک دِن کی چھُٹّی لی۔ میں نے اِس کام میں کوئی دلچسپی نہیں دِکھائی تھی، اِسلِئے اُن دِنوں مُجھ سے ناراض تھے اور پیٹھ پیچھے اُنہوں نے مِسیز ڈِسُوزا سے کئی بار کہا

کہ جانتا ہی نہیں 'کیک' کیا ہوتا ہے۔ میں جانتا تھا کہ 'کیک' بن جانے کے بعد کِسی بھی رات کو کھانے کے بعد مُرغی خانہ کھولنے والی بات کر کے ڈیوڈ صاحب کو خوش کِیا جا سکتا ہے یا اُنکے دوست کے بارے میں بات کر کے اُنہیں جوش میں لایا جا سکتا ہے، جِسکا مِرزاپُور کے پاس بڑا فارم ہے اور وہ وہاں کیسے رہتا ہے۔

کیک برتھ ڈے سے ایک دِن پہلے آ گیا تھا۔ اَب اُسے رکھنے کا سوال تھا۔ مِسیز ڈِسُوزا کے گھر میں چُوہے ضرُورت سے زیادہ ہیں۔ اِس آڑے وقت میں میں نے اُنکی مدد کی۔ اَپنے ٹین کے بکس میں سے کپڑے نِکال کر تولِئے میں لپیٹ کر میز پر رکھ دِئے اور بکس میں کیک رکھ دِیا گیا۔ میرا بکس پُورے ایک مہینے گِھرا رہا۔

ہم سب کو اُس کیک کے بارے میں بات چیت کر لینا بہُت اَچّھا لگتا ہے۔ ڈیوڈ صاحب تو اُسے اَپنا سب سے بڑا 'اچیومینٹ' مانتے ہیں۔ اور میں اَپنے بکس کو خالی کر دینا کوئی چھوٹا سا کارنامہ نہیں سمجھتا۔ اُسکے بعد سے لے کر اَب تک کیک بنوانے کے کئی پروگرام بن چُکے ہیں۔ اَب ڈیوڈ صاحب کی شرط یہ ہوتی ہے کہ سب 'شیّر' کریں۔ زیادہ مُوڈ میں آتے ہیں تو آدھا خرچ اُٹھانے پر تیّار ہو جاتے ہیں۔

اُنہیں کے مطابق، بچپن سے اُنہیں دو چیزیں پسند رہی ہیں جولی اور کیک۔ جولی کی شادی کِسی کیپٹن سے ہو گی، تو وہ دھیرے دھیرے اُسے بھُولتے گئے۔ پر کیک اَب بھی پسند ہے۔ کیک کے ساتھ کون شادی کر سکتا ہے؟ لیکِن کھاری باولی کے کئی چکّر لگانے پر اُنہوں نے محسُوس کِیا کہ کیک کی بھی شادی ہو سکتی ہے۔ پِھر بھی پسند کرنا بند نہ کر سکے۔

دفتر سے لوٹ کر آیا تو سارا بدن اِس طرح درد کر رہا تھا، جیسے بُری طرح سے مارا گیا ہو۔ باہری دروازہ کھولنے کے لِئے مِسیز ڈِسُوزا آئیں۔ وہ شاید کِچن میں اَپنے کھٹولے پر سو رہی تھیں۔ اَندر آنگن میں اُنکے پوشیدہ لباس سُوکھ رہے تھے۔ 'پوشیدہ لباس' لفظ سوچ کر

ہنسی آئی۔ کوئی حصۂ جسم پوشیدہ ہی کہاں رہ گیا ہے! ڈی۔ٹی۔ سی۔ کی بسوں میں چڑھتے اُترتے پوشیدہ اعضاء کے جغرافئے کا اچّھا خاصا علم ہو گیا ہے۔ اُنکی گرماہٹ، چِکنائی، کھُدرے پن، گندے پن اور لُبھاونے پن کے بارے میں اَچّھی معلومات ہے۔ 'آج جلدی چلے آئے۔` مِسیز ڈِسُوزا 'پوشیدہ لباس` اُتارنے لگیں، 'چائے پیوگے؟` میں نے اَبھی تک نہیں پی ہے۔`

'ہاں، ضرور۔' سوچا اگر سالی نے پی لی ہوتی تو کبھی نہ پُوچھتی۔

کمرے کے اَندر چلا آیا۔ پتّھر کی چھت کے نیچے کھانے کی میز ہے۔ جسکے ایک پائے کی جگہ اِینٹیں لگی ہیں۔ دُوسرے پایوں کو ٹین کی پٹّیوں سے جکڑ کر کیلیں ٹھونک دی گیی ہیں۔ رسّی، ٹین، لوہا، تار اور اِینٹوں کے سہارے کھڑی میز پہلی نظر میں زمانۂ قدیم کی مشین سی لگتی ہے۔ میز کے اوپر مِسیز ڈِسُوزا کی سِلائی مشین رکھی ہے۔ کھانا کھاتے سمے مشین کو اُٹھا کر میز کے نیچے رکھ دِیا جاتا ہے۔ کھانے کے بعد مشین پھِر میز پر آ جاتی ہے۔ رات میں ڈیوڈ صاحب اِسی میز پر بیٹھ کر پرُوف دیکھتے ہیں۔ کئی گلِاس پانی پیتے ہیں اور ایک بجتے بجتے اُٹھتے ہیں تو کمرا اکیلا ہو جاتا ہے۔ میں کمرے میں رکھی سِلائی مشین یا میز کی طرح کمرے کا ایک حِصّہ بن جاتا ہُوں۔

'اے لو! ٹی، گرین لیبُل ہے!' مِسیز ڈِسُوزا نے چائے کی پیالی تھما دی۔ وہ کھانوں کے نام اَنگریزی میں لیتی ہے۔ روٹی کو بریڈ کہتی ہے، دال کو پتا نہیں کیوں اُنہوں نے سُوپ کہنا شُرُوع کر دِیا ہے۔ ترکاری کو 'بایلڈ ویجِٹیبلس` کہتی ہیں۔ کریلوں کو 'ہاٹ ڈِش` کہتی ہیں۔ مِسیز ڈِسُوزا تھوڑی بہت گوراشاہی اَنگریزی بھی بول لیتی ہیں، جِس سے محلّے کے لوگ کافی متاثّر ہوتے ہیں۔ میں نے ٹی تاج محل لے لی۔ مِسیز ڈِسُوزا آج کے زمانے کا مقابلہ پہلے زمانے سے کرنے لگیں۔ اُنہیں چالیس سال تک پُرانے دام یاد ہیں۔ اِسکے بعد اَپنے مکان

کی چرچا اُنکا پسندیدہ موضوع ہے، جس کا سیدھا مطلب ہم لوگوں پر رعب ڈالنا ہوتا ہے۔ ویسے رعب ڈالتے وقت یہ بھول جایا کرتی ہیں کہ دونوں کمرے کرائے پر اُٹھا دینے کے بعد وہ خود کچن میں سوتی ہیں۔ میں اُنکی بکواس سے تنگ آکر باتھ رُوم میں چلا گیا۔ اگر ڈیوڈ صاحب ہوتے تو مزا آتا۔ مسیز ڈسوزا منہ کھولکر اور آنکھیں پھاڑ کر مُرغی پالن کی باریکیوں کو سمجھنے کی کوشش کرتیں۔ 'یاد نہیں، صرف دو ہزار رُوپئے سے کام شُروع کرے کوئی۔ چار سو مُرغیوں سے شاندار کام چالُو ہو سکتا ہے۔ چار سو انڈے روز کا مطلب ہے کم سے کم سو رُوپے روز۔ ایک مہینے میں تین ہزار رُوپئے اور ایک سال میں چھتّیس ہزار رُوپئے۔ میں تو آنٹی، لائیف میں کبھی نہ کبھی ضرُور کرُوں گا کاروبار۔ فایدہ۔۔۔؟ میں کہتا ہُوں چار سال میں لکھ پتی۔ پھر انڈے، مُرغی خانے کا آرام الگ۔ روز ایک مُرغی کاٹیے سالے کو۔ بیس انڈوں کی پُڈنگ بنائیے۔ تب یہ مکان آپ چھوڑ دیجئے گا، آنٹی۔ یہ بھی کوئی آدمیوں کے رہنے لایق مکان ہے۔ پھر تو مہارانی باغ یا بسنت وِہار میں کوٹھی بنوائیے گا۔ ایک گاڑی لے لیجئے گا۔`

تب تھوڑی دیر کے لئے وہ دونوں 'بسنت وِہار` پہُنچ جایا کرتے۔ بڑی سی کوٹھی کے پھاٹک کی داہنی طرف پیتل کی چمچماتی ہوئی پلیٹ پر ایرِک ڈیوڈ اور مسیز جے۔ ڈسوزا کے حروف اِس طرح چمکتے جیسے چھوٹا موٹا سُورج۔

میں لوٹ کر آیا تو ڈیوڈ صاحب آچکے تھے۔ کپڑے بدل کر آنگن میں بیٹھے وہ باسُ کو تھوک میں گالیاں دے رہے تھے، 'یہ سالا باسُ اِس لایق ہے کہ اِس کا 'پبلِک ٹرایل` کیا جائے۔' اُن کی آنکھوں میں نفرت اور اُکتاہٹ تھی۔ چشمہ تھوڑا نیچے کھسک گیا تھا۔ اُنھوں نے اپنی گردن اکڑا کر چشمہ چیہرے پر فِٹ کیا۔ میں نے تلک برج کے سامنے ایک پیڑ کی بڑی سی ڈال پر رسّے کے سہارے باسُ کی لاش کو جھُولتے ہوئے دیکھا۔ لہریں

مارتی بھیڑ -اَتھاہ بھیڑ۔ اور کُچھ ہی کشن بعد ڈیوڈ صاحب کو ایک ننھیں سے مُرغی خانے میں بند پایا۔ چاروں اور جالیاں لگی ہوئی ہیں۔ اور اُسکے اَندر دو سو مُرغیوں کے ساتھ ڈیوڈ صاحب دانا چُگ رہے ہیں۔ گردن ڈالکر پانی پی رہے ہیں اور اَنڈے دے رہے ہیں۔ اَنڈوں کے ایک ڈھیر پر بیٹھے ہیں۔ مُرغی خانے کی جالیوں سے باہر 'بسنت وِہار` صاف دِکھائی پڑ رہا ہے۔

میں نے کہا، 'آپ کیوں پریشان ہیں ڈیوڈ صاحب؟ چھوڑِئے سالی نوکری کو۔ ایک مُرغی خانہ کھول لیجئے۔ پھِر بسنت وِہار میں مکان۔'

'نہیں -نہیں، میں بسنت وِہار میں مکان نہیں بنوا سکتا۔ وہاں تو باسُ کا مکان بن رہا ہے۔ بھائی صاحب، یہ تو دعویٰ ہے کہ اِس دیش میں بغیر چار سو بیسی کِئے کوئی آدمی کی طرح نہیں رہ سکتا۔ آدمیوں کی طرح رہنے کے لِئے آپکو بلیک مارکیٹنگ کرنی پڑے گی لوگوں کو ایکسپلایٹ کرنا پڑے گا۔۔۔اَب آپ سوچِئے، میں کِسی سالے سے کم کام کرتا ہُوں۔ روز آٹھ گھنٹے ڈیُوٹی اور دو گھنٹے بس کے اِنتظار میں۔۔۔'

'تُم بہُت گالی بکتے ہو،' مِسیز ڈِسُوزا بولیں۔

'پھِر کیا کرُوں آنٹی؟ گالی نہ بکُوں تو کیا اِیشُو سے پرارتھنا کرُوں، جِسنے کم سے کم میرے ساتھ بڑا 'جوک` کِیا ہے؟'

'چھوڑِئے یار ڈیوڈ صاحب۔ کُچھ اور بات کیجِئے۔ کہیں پرُوف کا کام زیادہ تو نہیں مِلا۔'

'ٹھیک ہے، چھوڑِئے۔ دِلّی میں اَبھی تین سال ہوئے ہیں نا! کُچھ جوانی بھی ہے۔ اَبھی شاید آپنے دِلّی کی چمک دمک بھی نہیں دیکھی؟ کیا ہمارا کُچھ بھی حصّہ نہیں ہے اُسمیں؟ کناٹ پلیس میں بہتے ہوئے پیسے کو دیکھا ہے کبھی؟' وہ ہاتھ چلا چلا کر پیسے کے بہاؤ کے بارے میں بتانے لگے، 'لاکھوں کروڑوں رُوپئے لوگ اُڑا رہے ہیں۔ عورتوں کے جِسموں

پر سے بہتا پیسہ۔ کاروں کی شکل میں تیرتا ہوا۔' وہ جوش میں آ گئے، اور اُنہوں نے جیب سے چشمہ نِکالا، گردن اَکڑائی اور چشمہ آنکھوں پر فِٹ کر لِیا۔

مُجھے اُکتاہٹ ہونے لگی۔ طبیعت گھبرانے لگی، جیسے اومس ایک دم بیٹھ گیی ہو۔ سانس لینے میں تکلیف ہونے لگی۔ لوہے کا سلاخوں دار کمرا مُرغی خانہ لگنے لگا جسمیں سخت بدبُو بھر گئی ہو۔ مِسیز ڈِسُوزا کئی بار پیشگوئی کر چکی ہیں کہ ڈیوڈ صاحب ایک دِن ہم لوگوں کو اریسٹ کروائیں گے اور ڈیوڈ صاحب کہتے ہیں کہ میں اُس دِن کا 'ویلکم' کرُوں گا۔

غصّے میں لگاتار ہونٹ دبائے رہنے کے سب اُن کا نِچلا ہونٹ کافی موٹا ہو گیا ہے۔ چہرے پر تین لکیریں پڑ جاتی ہیں۔ بچپن میں سُنا کرتے تھے کہ ماتھے پر تین لکیریں پڑنے والا راجا ہوتا ہے۔

کُچھ ہی دیر میں وہ کافی شانت ہو چُکے تھے۔ کھانے کی میز پر اُنہوں نے 'باسُ کی جے' نعرہ لگایا اور دو گلِاس پانی پی گئے۔ مِسیز ڈِسُوزا کی 'ہاٹ ڈِش'، 'سُوپ' اور 'بریڈ' تیّار تھی۔

'کریلے کی سبزی پکانا بھی آرٹ ہے، صاب!' ڈیوڈ صاحب نے زور زور سے مُونہہ چلایا۔

'تین ڈِش کے برابر ایک ڈِش ہے۔' مِسیز ڈِسُوزا نے احسان لادا۔

ڈیوڈ اُنکی بات اَن سُنی کرتے ہوئے بولے، 'کریلے کھانے کا مزا تو سیتاپُور میں آتا تھا آنٹی۔ کوٹھی کے پیچھے کِچن گارڈن میں ڈیڈی طرح طرح کی سبزی بواتے تھے۔ ڈھیر ساری پیاز کے ساتھ اِن کریلوں میں اَگر قیمہ بھر کر پکایا جائے تو کیا کہنا!'

ہم لوگ سمجھ گئے کہ اَب ڈیوڈ صاحب بچپن کے قصّے سُنائیں گے۔ اِن قصّوں کے بیچ نصیبن گورنیس کا ذِکر بھی آئے گا جو صرف ایک رُوپیہ مہینہ تنخواہ پا کر بھی کِتنی خوش رہا کرتی تھی۔ اور جِسکا خاص کام ڈیوڈ بابا کی دیکھ بھال تھا۔ وہ ان کو دیپک بابا ہی کہتی رہی۔ اِسی

سِلسلے میں اُس پکنِک پارٹی کا ذِکر آئے گا جس میں ڈیوڈ بابا نے جمُنا کے سلوپ پر گاڑی چڑھا دی تھی۔ تجرُبے کار ڈرائیور اِسمٰعیل خاں کو پسینا چھُوٹ آیا تھا۔ خاں کو ڈانٹ کر گاڑی سے اُتار دِیا تھا۔ سب لڑکے اور لڑکیاں اُتر گئے۔ اَنگریز لڑکے کی ہِمّت چھُوٹ گیی تھی۔ مگر جالی نے اُترنے سے اِنکار کر دِیا تھا۔ ڈیوڈ بابا نے گاڑی سٹارٹ کی۔ دو منٹ سوچا۔ گیر بدل کر ایکسیلیٹر پر دباؤ ڈالا اور گاڑی ایک فرّاٹے کے ساتھ اوپر چڑھ گی۔ اِسمٰعیل خاں نے اوپر آکر ڈیوڈ بابا کے ہاتھ چُوم لِئے تھے۔ وہ بڑے بڑے اَنگریز اَفسروں کو گاڑی چلاتے دیکھ چُکا تھا مگر ڈیوڈ بابا نے کمال ہی کر دِیا تھا۔ جالی نے ڈیوڈ بابا کو اُسی دِن 'کِس` دینے کا پرامِس کِیا تھا۔

اِن باتوں کو سُناتے وقت ڈیوڈ صاحب کی بِٹرنیس غائب ہو جاتی ہے۔ وہ ڈیوڈ صاحب نہیں، دیپک بابا لگتے ہیں۔ ہلکی-سی دھُول اُڑتی ہے اور سیتا پور کی سِوِل لائینس پر بنی بڑی سی کوٹھی کے پھاٹک میں 1930 کی فورڈ مُڑ جاتی ہے۔ پھاٹک کے ایک کھمبے پر صاف حروف میں لِکھا ہوا ہے پیٹر جے۔ ڈیوڈ، ڈِپٹی کلیکٹر۔ کوٹھی کی چھت کھپریلوں کی بنی ہوئی ہے۔ کوٹھی کے چاروں اور کئی بیگھے کا کمپاؤنڈ۔ پیچھے آم اور سنترے کا باغ۔ داہنی طرف ٹینِس کورٹ کی بائیں طرف بڑا-سا کِچن گارڈن، کوٹھی کے اُونچے برامدے میں باوردی چپراسی اُونگھتا ہوا دِکھائی پڑے گا۔ اَندر ہال میں وِکٹورِین فرنیچر اور چھت پر لٹکتا ہوا فانوس۔ مِسٹر پیٹر جے۔ ڈیوڈ ڈِپٹی کلیکٹر اَپنے وِلایتی جُوتوں کی ٹھوکروں سے اُسکے کالے بدن پر نیلے رنگ کے پھل اُگا دیتے ہیں۔ بابا لوگ ٹائی باندھ کر کھانے کی میز پر بیٹھ کر چِکن سُوپ پیتے ہیں۔ کھانا کھانے کے بعد آئیس کریم کھاتے ہیں اور ممّی ڈیڈی کو گُڈ نائیٹ کہہ کر اَپنے کمرے میں چلے جاتے ہیں۔ ساڑھے نو بجے کے آس-پاس 1930 کی فورڈ گاڑی پھِر سٹارٹ ہوتی ہے۔ اَب وہ یا تو کلب چلی جاتی ہے یا کِسی دیشی رئیس کی کوٹھی کے

اَندر گھُس کر آدھی رات کو ڈگمگاتی ہوئی لوٹتی ہے۔

مِسیز ڈِسُوزا کے مکان کی چھت کے اوپر سے دِلّی کی روشنِیاں دِکھائی پڑتی ہیں۔ سیکڑوں جنگلی جانوروں کی آنکھیں رات میں چمک اُٹھتی ہے۔ پانی پینے کے لِئے نیچے آتا ہُوں تو ڈیوڈ صاحب پرُوف پڑھ رہے ہیں۔ مُجھے دیکھ کر مُسکراتے ہیں، قلم بند کر دیتے ہیں اور بیٹھنے کے لِئے کہتے ہیں۔ آنکھوں میں نیند بھری ہوئی ہے۔ وہ مُجھے دھیرے-دھیرے سمجھاتے ہیں۔ اُنکے اِس سمجھانے سے میں تنگ آگیا ہُوں۔ شُرُوع شُرُوع میں تو میں اُن کو اُلّو کا پٹّھا سمجھتا تھا، مگر بعد میں پتہ نہیں کیوں اُن کی باتیں میرے اوپر اَثر کرنے لگیں۔ 'بھاگ جاؤ اِس شہر سے۔ جِتنی جلدی ہو سکے، بھاگ جاؤ۔ میں بھی تُمہاری طرح کالج سے نِکل کر سیدھے اِس شہر میں آگیا تھا راجدھانی جیتنے۔ لیکِن دیکھ رہے ہو، کُچھ نہیں ہے اِس شہر میں، کُچھ نہیں۔ میری بات چھوڑ دو۔ میں کہاں چلا جاؤں! یہ شہر میرے اَندر گھُس چُکا ہے۔'

'لیکِن کب تک کُچھ نہیں ہو گا، ڈیوڈ صاحب؟'

'اُس وقت تک، جب تک تُمہارے پاس دینے کے لِئے کُچھ نہیں ہے۔ اور میں جانتا ہُوں، تُمہارے پاس وہ سب کُچھ نہیں ہے جو لوگوں کو دِیا جا سکتا ہے۔'

میں لوٹ کر اوپر آجاتا ہُوں۔ میرے پاس کیا ہے دینے کے لِئے؟ اُونچی کُرسِیاں، کاک ٹیل پارٹِیاں، لمبے-چوڑے لان، اَنگریزی میں سلام، سُوٹ اور ٹائیاں، لڑکِیاں، موٹریں، شاپِنگ! تب یہ لوگ، جو تنگ گلِیاروں میں مُجھ سے وعدے کرتے ہیں، مُسکراتے ہیں، کون ہیں؟ اِسکے بارے میں پھِر سوچنا پڑے گا۔ اور کافی دیر تک پھِر میں سوچنے کی ہمّت جُٹاتا ہُوں۔ مگر وہ پیچھے ہٹتا جاتا ہے۔ میں اُسکی باہیں پکڑ کر آگے گھسیٹتا ہُوں۔ ایک بگڑے ہوئے خچّر کی طرح وہ اَپنی رسّی تُڑا کر بھاگ نِکلتا ہے۔

میں پِھر پانی کے لِئے نیچے اُترتا ہُوں۔ اَپنی میز پر سر رکھے وہ سو رہے ہیں۔ پرُوف کا پُلِندا سامنے پڑا ہے۔ میں اُس کا کندھا پکڑ کر لگا دیتا ہُوں۔ 'اَب سو جایئے۔ کل آپ کو سائیٹ دیکھنے جانا ہے۔` اُنکے چہرے پر مُسکراہٹ آتی ہے۔ کل وہ مُرغی خانہ کھولنے کی سائیٹ دیکھنے جا رہے ہیں۔ اِسّے پہلے بھی ہم لوگ کئی سائیٹ دیکھ چُکے ہیں۔ ڈیوڈ صاحب اُٹھ کر پانی پیتے ہیں۔ پِھر اَپنے پلنگ پر اِس طرح گر پڑتے ہیں جیسے راجدھانی کے پیروں پر پڑ گئے ہوں۔ میں پِھر اوپر آ کر لیٹ جاتا ہُوں۔ 'میں نے کالج میں اِتنا پڑھا ہی کیوں؟ اِتنا اور اُتنا کی بات نہیں ہے، مُجھے کالیج میں پڑھنا ہی نہیں چاہِئے تھا اور اَب دو سال تک ڈھائی سو رُوپئے کی نوکری کرتے ہوئے کیا کِیا جا سکتا ہے؟ کیوں مُسکرایا اور کیوں شانت رہا؟ دو سال سے دوپہر کا کھانا گول کرتے رہنے کے پیچھے کیا تھا؟` نیچے سے بھینس کے گوبر کرنے کی آواز آتی ہے۔ ایک مانوس بو پھیل جاتی ہے۔ اُس نیم مانوس قصبے کی بو، جِسے میں اَپنا گھر سمجھتا ہُوں، جہاں مُجھے بہُت ہی کم لوگ جانتے ہیں۔ اُس چھوٹے سے سٹیشن پر اگرِ میں اُترُوں تو گاڑی چلی جانے کے بعد کئی لوگ مُجھے گھُور کر دیکھیں گے۔ اور اِکّا دُکّا اِکّے والے بھی مُجھ سے بات کرتے ڈریں گے۔ اُنکا ڈر دُور کرنے کے لِئے مُجھے اَپنا تعارف دینا پڑے گا۔ یعنی اَپنے باپ کا تعارف کرانا پڑے گا۔ تب اُن کے چہرے پر مُسکراہٹ آئے گی اور وہ مُجھے اِکّے پر بیٹھنے کے لِئے کہیں گے۔ دس مِنٹ اِکا چلتا رہے گا تو ساری بستی ختم ہو جائے گی۔ اُس پار کھیت ہیں جِن کا سیدھا مطلب ہے اُس پر غریبی ہے۔ وہ غریبی کے عادی ہیں۔ پُولِس اُن کے لِئے سب سے بڑی قوّت ہے اور اَپنی ہر ہوشِیاری میں وہ کافی مُورکھ ہیں۔۔۔ اوپر آسمان میں پالم کی اور جانے والے ہوائی جہاز کی مسلسل آواز سُنائی پڑتی ہے۔ نیچے سڑک پار بالُو والے ٹرک گُزر رہے ہیں۔ لدی ہوئی بالُو کے اوپر مزدُور سو رہے ہیں، جو کبھی کبھی کِسان بن جانے کا سپنا دیکھ لیتے ہیں، اَپنے گاؤں کی بات کرتے ہیں، اَپنے

کھیتوں کی بات کرتے ہیں، جو کبھی اُن کے تھے۔ ٹرک تیزی سے چلتا ہوا اوکھلا موڑ سے متھرا روڈ پر مُڑ جائے گا۔ فرینڈس کالونی اور آشرم ہوتا ہوا 'راج دُوت' ہوٹل کے سامنے سے گُزرے گا جہاں رات بھر کیبرے اور ریستراں کے اشتہارات نیون لائٹ میں جلتے بُجھتے رہتے ہیں۔ اُسی کے سامنے فٹ پاتھ پر بہت سے دُبلے- پتلے، کالے اور سُوکھے آدمی سوتے ہوئے مِلیں گے، جِن کی نیند ٹرک کی کرخت آواز سے بھی نہیں کھُلتی۔ اوپر تیز بلب کی روشنی میں اُن کے عضو عضو بِکھرے دِکھائی پڑتے ہیں۔ میں اَکثر حیران رہتا ہُوں کہ وہ اِس چوڑے فٹ پاتھ پر چھت کیوں نہیں ڈال لیتے۔ اُسکے چاروں اور، کچّی ہی سہی، دیوار تو اُٹھائی جا سکتی ہے۔ اِن سب باتوں پر سرسری نِگاہ ڈالی جائے، جیسی کہ ہماری عادت ہے، تو اِن کی کوئی اہمیت نہیں ہے۔ بیوقُوفی اور جذباتیت سے بھری باتیں۔ مگر یدکوئی اوپر سے کیڑے کی طرح فٹ پاتھ پر ٹپک پڑے تو اُس کی سمجھ میں سب کُچھ آ جائے گا۔

دِن اِس طرح گُزرتے ہیں جیسے کوئی لنگڑا آدمی چلتا ہے۔ اَب اِس مہانگری میں اَپنے بہُت عام اور لاچار ہونے کا احساس وہ سب کُچھ کروا لیتا ہے۔ اور ہتک، جو اِس مہانگر میں لوگ تفریحاً کر دیتے ہیں، اَب اُتنے بُرے نہیں لگتے، جِتنے پہلے لگتے تھے۔ آفس میں افسر کی میز پر تِواری کا سُوَر کی طرح گندا مُونہہ، جو ایک ہی وقت میں پکّا سوشلسٹ بھی ہے اور پرو اَمریکن بھی۔ اُسکی تنگ بُشرٹ میں سے جھانکتا ہوا حرام کی کمائی کا پلا تندرُست جِسم اور اُس کا سوشلسٹ قلم جو ہر دُوسری سطر محض اِس لِئے کاٹ دیتا ہے کہ وہ دُوسرے کی لِکھی ہوئی ہے۔ اُسکا رعب داب، گمبھیر ہنسی، سازش بھری مُسکراہٹ اور اُس کی میز کے سامنے اُس کی سلطنت میں بیٹھے ہوئے چار جاندار، جو قلم گھِسنے کے عَلاوہ اور کُچھ نہیں جانتے۔ اُن لوگوں کے چیہرے کے ٹائپ رائیٹروں کی کھڑ کھڑاہٹ۔ اِن سب چیزوں کو مُٹھّی میں دبا کر 'کرش' کر دینے کو جی چاہتا ہے۔ بھُوک بھی کمبخت لگتی ہے تو اِس جیسے

پورے شہر کا کھانا کھا کر ہی ختم ہو گی۔ شُروع میں پیٹ گڑ گڑاتا ہے۔ یدِ ڈیوڈ صاحب ہوتے تو بات یہیں پہ جھٹک لیتے، 'جی، نہیں، بھُوک جب زور سے لگتی ہے تو ایسا لگتا ہے جیسے بِلّیاں لڑ رہی ہوں۔ پھِر پیٹ میں ہلکا-سا درد شُروع ہوتا ہے جو شُروع میں میٹھا لگتا ہے۔ پھِر درد تیز ہو جاتا ہے۔ اُس سمے یدِ آپ تین چار گِلاس پانی پی لیں تو پیٹ کُچھ دیر کے لِئے شانت ہو جائے گا اور آپ دو-ایک گھنٹا کوئی بھی کام کر سکتے ہیں۔ اِتنا سب کُچھ کہنے کے بعد وہ یقیناً صلاح دیں گے کہ اِس مہانگری میں بھُوکوں مرنے سے اَچّھا ہے کہ میں لوٹ جاؤں۔ لیکِن یہاں سے نِکل کر وہاں جانے کا مطلب ہے ایک غریبی اور بھک مری سے نِکل کر دُوسری بھک مری میں پھنس جانا۔ اِسی طرح کی بہُت ساری باتیں ایک ساتھ دِماغ میں کبڈّی کھیلتی رہتی ہیں۔ تنگ آکر ایسے موقعے پر ڈیوڈ صاحب سے پُوچھتا ہُوں، 'گریٹر کیلاش کی مارکیٹ چل رہے ہیں؟' وہ مُسکراتے ہیں اور کہتے ہیں، 'اَچّھا، تیّار ہو جاؤں۔' میں جانتا ہُوں اُن کے تیّار ہونے میں کافی وقت لگے گا۔ اِس لِئے میں بڑے پیار سے جُوتے پالِش کرتا ہُوں۔ ایک میلا کپڑا لیکر جُوتے کی گھِسائی کرتا ہُوں۔ جُوتے میں اَپنی شکل دیکھ سکتا ہُوں۔ ٹِپ ٹاپ ہو کر ڈیوڈ صاحب سے پُوچھتا ہُوں، 'تیّار ہیں؟'

بس سٹاپ کی طرف جاتے ہوئے ایک دُوسرے کے جُوتے دیکھ کر ہم دونوں کی ہمّت بڑھتی ہے۔ ایک عجیب طرح کا حوصلہ آجاتا ہے۔

گریٹر کیلاش کی مارکِٹ کی ہر دُوکان کا نام ہمیں زبانی یاد ہے۔ بس سے اُتر کر ہم پیشاب خانے میں جاکر اَپنے بال ٹھیک کرتے ہیں۔ وہ میری اور دیکھتے ہیں۔ میں فرنیچر کی اور دیکھتا ہُوں۔ دو جوڑا چمچماتے جُوتے برامدے میں گھُومتے ہیں۔ میں فرنیچر کی دُوکان کے سامنے رُک جاتا ہُوں۔ تھوڑی دیر تک دیکھتا رہتا ہُوں۔ ڈیوڈ صاحب اَندر چلنے کے لِئے کہتے ہیں اور میں سارا حوصلہ بٹور کر اَندر گھُس جاتا ہُوں۔ یہاں کے لوگ بڑے

مہذّب ہیں۔ ایک جملے میں دو بار 'سر` بولتے ہیں۔ چمکدار جُوتے دُوکان کے اَندر ٹہلتے ہیں۔ڈیوڈ صاحب یہاں کمال کی اَنگریزی بولتے ہیں کندھے اُچکا کر اور آنکھیں نِکال کر۔ چیزوں کو اِس طرح دیکھتے ہیں جیسے وہ کافی گھٹِیا ہوں۔ میں ایسے موقعوں پر اُن سے متاثّر ہو کر اُنہیں کی طرح ہُوبہو کرنے کی کوشِش کرتا ہُوں۔

کنفیکشنری کی دُوکان کے سامنے وہ بہت دیر تک رُکتے ہیں۔ شووِنڈو میں سب کُچھ سجا ہوا ہے۔ پہلی بار میں بھرم ہو سکتا ہے کہ سارا سامان دِکھاوٹی ہے، مِٹّی کا، مگر حقیقت میں ایسا نہیں ہے۔

'جلدی چلیئے۔ سالا دیکھ کر مُسکرا رہا ہے۔'

'کون ؟' ڈیوڈ صاحب پُوچھتے ہیں، میں آنکھ سے دُوکان کے اَندر اِشارہ کرتا ہُوں اور وہ اَچانک دُوکان کے اَندر گُھس جاتے ہیں۔ میں ہچکچاہٹ سے برامدے میں آگے بڑھ جاتا ہُوں۔ 'پکڑے گئے بیٹا! بڑے لاٹ صاحب کی اولاد بنے پِھرتے ہیں۔ اُنکی جیب میں دس پیسے کا بس کا ٹِکٹ اور کُل ساٹھ پیسے نکلتے ہیں۔ 'سارے لوگ ہنس رہے ہیں۔ ڈیوڈ صاحب نے چمچماتا جُوتا اُتار کر ہاتھ میں پکڑا اور دُوکان میں بھاگے۔` میں ہمّت کر کے دُوکان کے اَندر جاتا ہُوں۔ ڈیوڈ صاحب دُوکاندار سے بہُت فرّاٹے دار اَنگریزی بول رہے ہیں اور وہ بیچارا گھبرا رہا ہے۔ میں خوش ہوتا ہُوں۔ 'لے سالے، کر دِیا نہ ڈیوڈ صاحب نے ڈنڈا! بڑا مُسکرا رہے تھے۔` ڈیوڈ صاحب اَنگریزی میں اُسّے ایسا کیک مانگ رہے ہیں جِسکا نام اُسکے باپ، دادا، پردادا نے بھی کبھی نہ سُنا ہو گا۔

باہر نِکل کر ڈیوڈ صاحب نے میرے کندھے پر ہاتھ رکھ دِیا۔

روز کی طرح کھانے کی میز پر یہاں سے وہاں تک وِلایتی کھانے سجے ہوئے ہیں۔ مِسیز ڈِسُوزا کا مُوڈ کُچھ آف ہے۔ سب صرف اِتنا ہے کہ میں اِس مہینے کی پہلی تاریخ کو پیسہ

نہیں دے پایا ہُوں۔ ایک آدھ دِن مونہہ پھولا رہے گا۔ پھر وہ مہنگائی کے قصّے سُنانے لگیں گی۔ چیزوں کی بڑھتی قیمتیں سُنتے ہم لوگ تنگ ہو جائیں گے۔

بات کرنے کے لِئے کُچھ ضروری تھا اور چُپ ٹُوٹتی نہیں لگ رہی تھی، تو مِسیز ڈِسُوزا نے پُوچھا، 'آج تُم ڈِفینس کالونی جانے والے تھے؟'

'نہیں جا سکتا، 'ڈیوِڈ صاحب نے مُونہہ اُٹھا کر کہا۔

'اَب تُمہارا سامان کیسے آئے گا؟' مِسیز ڈِسُوزا بڑبڑائیں، 'بیچاری کیتھی نے کِتنی مُحبّت سے بھیجا ہے۔'

'محبّت سے بِھجوایا ہے آنٹی؟' ڈیوِڈ صاحب چونکے، 'آنٹی، اُسکا ہسبینڈ دو ہزار رُوپئے کماتا ہے۔ کیتھی ایک دِن بازار گئی ہو گی۔ سوا سو رُوپئے کی ایک گھڑی اور دو قمیضیں خرید لی ہوں گی۔ اور ڈینُو کے ہاتھ دِلّی بِھجوا دیں۔ اِسمیں مُحبّت کہاں سے آ گئی؟'

'مگر تُم اُنہیں جا کر لے تو جاؤ۔'

'ڈینُو اُس سامان کو یہاں لا سکتا ہے۔'

ڈینُو کا ڈِفینس کالونی میں اَپنا مکان ہے۔ کار ہے۔ ڈیوِڈ صاحب کا بچپن کا دوست ہے۔ وہ اُس شِکار پارٹی میں بھی تھا، جِسمیں ہاتھی پر بیٹھ کر ڈیوِڈ صاحب نے پلائینگ شاٹ میں چار ہتھنیاں گرا دی تھیں۔

'ڈِفینس کالونی سے یہاں آنا دُور پڑے گا۔ اور وہ بِزی آدمی ہے۔'

'میں بِزی پرُوف ریڈر نہیں ہُوں؟' وہ ہنسے، 'اور وہ تو اَپنے کام سے آ سکتا ہے، جبکہ مُجھے دو بسیں بدلنی پڑیں گی۔' وہ دال چاول اِس طرح کھا رہے تھے، جیسے 'کیک' کی یاد میں اسے کیک سمجھ رہے ہوں۔

'جیسی تُمہاری مرضی۔'

کھانا ختم ہونے پر کُچھ دیر کے لِئے محفل جم گئی۔ مِسیز ڈِسُوزا پتہ نہیں کہاں سے اُس بڑے زمین دار کا ذِکر لے بیٹھیں جو جوانی کے دِنوں میں اُن پر دِل و جان سے عاشِق تھا، اور اُن کے ریٹائر ہونے کے بعد بھی ایک دِن پتہ لگاتا ہوا دِلّی کے اُن کے گھر آیا تھا۔ وہ پہلا دِن تھا جب اِس مکان کے سامنے سیکینڈ-ہینڈ ایمبیسڈر کھڑی ہوئی تھی اور ڈیوڈ صاحب کو کِچن میں سونا پڑا تھا۔ اُس زمین دار کا ذِکر ڈیوڈ صاحب کو بڑا بھاتا ہے۔ میں تو فوراً اُس زمیندار کی جگہ اَپنے آپ کو 'فِٹ' کر کے صورتِ حال کا پُورا مزا اُٹھانے لگتا ہُوں۔

کُچھ دیر بعد اِدھر اُدھر گھُوم گھام کر بات پھِر کھانوں پر آ گیّ۔ ڈیوڈ صاحب سینوئیاں پکانے کی ترکیب بتانے لگے۔ پھِر سب نے اَپنے اَپنے پسندیدہ کھانوں کے بارے میں بات کی۔ سب سے زیادہ ڈیوڈ صاحب بولے۔

کھانے کی بات ختم ہوئی تو میں نے دھیرے سے کہا، 'یار ڈیوڈ صاحب، اِس گاؤں میں کوئی لڑکی ایسی نظر پڑ جاتی ہے کہ پاؤں کانپنے لگتے ہیں۔'

'کیسی تھی، مُجھے بتاؤ؟ چھِدّو کی بہُو ہو گی یا۔۔۔'

'بس ڈیوڈ، تُم لڑکیوں کی بات نہ کِیا کرو۔ میں نے کِتنی خوبصُورت لڑکی سے تُمہارا 'اِنگیج مینٹ' طے کِیا تھا۔'

'کیا خوب صورتی کی بات کرتی ہیں آنٹی! اَگر جالی کو آپ نے دیکھا ہوتا۔۔۔'

'جالی؟ خیر، اُسکو تو میں نے نہیں دیکھا۔ تُم نے اَگر میری لڑکی کو دیکھا ہوتا۔' اُنکی آنکھیں ڈبڈبا آئیں، 'مگر وہ ہج۔۔۔' کُچھ دیر بعد بولیں، 'اَگر اَب وہ ہوتی تو یہ دِن نہ دیکھنا پڑتا۔ میں اُسکی شادی کِسی مِلٹری اَفسر سے کر دیتی۔ اُس سے تو کوئی بھی شادی کر سکتا تھا۔'

کُچھ ٹھہر کر ڈیوڈ صاحب سے بولی، 'تُم شادی کیوں نہیں کر لیتے ڈیوڈ؟'

'میں شادی کیسے کر لُوں آنٹی؟ دو سو پچھتّر رُوپئے اِکّیس پیسے سے ایک پیٹ نہیں بھرتا۔ ایک اور لڑکی کی جان لینے سے کیا فائدہ۔ میری زندگی تو گُزر ہی جائے گی۔ مگر میں یہ نہیں چاہتا کہ اَپنے پیچھے ایک غریب عورت اور دو تین پرُوف ریڈر چھوڑ کر مر جاؤں جو دِن رات مشینوں کی کان پھاڑ دینے والی آواز میں بیٹھ کر آنکھیں پھوڑا کریں۔' وہ کُچھ رُکے، 'یہی بات میں اِن سے کہتا ہُوں۔' اُنہوں نے میری طرف اشارہ کِیا، 'اِس آدمی کے پاس گاؤں میں تھوڑی-سی زمین ہے جہاں گیہُوں اور دھان کی فصل ہوتی ہے۔ اِسکو چاہِئے کہ اَپنے کھیت کے پاس ایک کچّا گھر بنا لے۔ اُسکے سامنے ایک چھپّر ڈال لے، بس، اُس پر لوکی کی بیل چڑھانی پڑے گی۔ دیہات میں آرام سے ایک بھینس پالی جا سکتی ہے۔ کُچھ دِنوں بعد مُرغی خانہ کھول سکتے ہیں۔ کھانے اور رہنے کی فکر نہیں رہ جائے گی۔ ٹھاٹھ سے کام کرے اور کھائیں۔'

'اُسکے بعد آپ وہاں آیئے گا تو 'کیک` بنایا جائے گا۔ بہُت سے اَنڈے مِلا کر' میں نے مذاق کِیا۔

دیپک بابا ہنسنے لگے۔ بِالکُل بچّوں کی-سی معصوم ہنسی۔

(ہندی سے ترجمہ)

(۸) سوچ

جلیل حیدر لاشاری

آج سبزی منڈی پہنچتے مجھے دیر ہو گئی۔ راستے میں ٹریفک اتنی بری طرح پھنسی ہوئی تھی کہ پورا گھنٹہ ٹریفک کی نذر ہو گیا۔ اور اوپر سے سڑک پر اتنے بڑے اور گہرے گڑھے کہ آپ پہلے دوسرے گیئر سے آگے گاڑی چلا ہی نہیں سکتے۔ اور مزید ظلم یہ کہ ان ٹوٹی پھوٹی سڑکوں پر سپیڈ بریکر !۔ مجھے آج تک سمجھ نہیں آئی کہ ٹوٹی ہوئی سڑکوں پر سپیڈ بریکر بنانے کی کیا تک ہے۔ بہر حال جیسے تیسے منڈی پہنچا تو دیکھا پارکنگ پر گاڑیاں ہی گاڑیاں ہیں۔ دیر سے پہنچنے کا کچھ تو خمیازہ بھگتنا چاہیے۔ بڑی دور جا کر گاڑی پارک کرنے کو جگہ ملی۔ دراصل آج اتوار کا دن ہے اور میری طرح ملازمت پیشہ لوگ چھٹی والے دن ہی بازار اور سبزی منڈی کا رُخ کرتے ہیں اور پورے ہفتے کی اشیاء اور سبزی وغیرہ لے کے فرجوں میں ٹھونس کے پورے ہفتے کے لیے بے چنت ہو جاتے ہیں۔ اتوار والے دن سبزی خریدنے کے دو تین نقصانات ہیں مثلاً پارکنگ کے لیے جگہ نہیں، سبزی کا ریٹ عام دنوں سے زیادہ ہو گا کیونکہ دوکانداروں کو پتہ ہوتا ہے کہ تنخواہ دار طبقے کے پاس ایک تو پیسے بہت ہوتے ہیں اور دوسرا ایک اتوار کا دن ہوتا ہے، سبزی جس ریٹ پہ ملے انہوں نے لینی ضرور ہے اور ایک اہم بات اتوار والے دن شہر کے سارے نہیں تو آدھے بھکاری سبزی منڈی ضرور پہنچے ہوتے ہیں۔ آپ ابھی اپنی سواری سے اُترے نہیں وہ فوراً آپ کے پاس پہنچ گئے۔ ان میں بعض اتنے بے حوصلہ ہوتے ہیں کہ آپ کو اپنی سواری سے

اترنے ہی نہیں دیتے اور پہلے دستِ سوال دراز کر دیتے ہیں۔ بعض تو گاڑی کے شیشے اتنے زور سے کھٹکھٹاتے ہیں کہ لگتا ہے شیشہ توڑ کے ہی دم لیں گے۔ بعضوں نے تو بھیک مانگنے کے جدید طریقے ایجاد کیے ہوتے ہیں۔ مثلاً کسی پرانے بوسیدہ کاغذ پر کسی ڈاکٹر کا نہ پڑھا جانے والا نسخہ، چھپے ہوئے جیبی سائز کے کارڈ جن پر ان کے رُلا دینے والے حالات لکھے ہوتے ہیں وغیرہ وغیرہ۔ ابھی پچھلے دنوں کی بات ہے میرے پریپ کلاس میں پڑھتے بیٹے نے بازار میں شوارما خریدتے ایک فقیرنی کو دیکھا اور مجھ سے میرا موبائل فون لے کر اُس کی فوٹو بنالی۔ اب وہ فوٹو گھر میں سب کو دکھاتا پھرتا ہے۔

آج منڈی کافی مہنگی تھی۔ آلو، ٹماٹر، پیاز تو بہت مہنگے تھے۔ بیس تیس روپے کلو بکنے والا ٹماٹر ایک سو بیس روپے کلو بِک رہا تھا لیکن اس کے باوجود آج بھی منڈی میں بہت رش تھا۔ میں پھل لینے کے لیے ایک دکان پر رکا تو دیکھا کہ ایک دکان دار اور ایک برقع پوش ادھیڑ عمر خاتون کے درمیان تکرار جاری تھی۔ خاتون کا اصرار تھا کہ کچھ دیر پہلے خریدے گئے سیب وہ واپس لے لے کیونکہ اس کے پاس اب واپسی کا کرایہ ختم ہو گیا ہے۔ دکان دار نہ لینے پر بضد تھا۔ دکاندار کا موقف تھا کہ ایک تو وہ خریدی ہوئی چیز واپس نہیں کرتا دوسرا واپس کیے جانے والے سیبوں کا ایک پاؤ وزن کم ہے۔ خاتون وزن میں کمی ماننے کے لیے بالکل تیار نہ تھی لیکن دکان دار سب کے سامنے سیبوں کا وزن کر کے اپنے موقف میں وزن پیدا کر رہا تھا۔ خاتون کہہ رہی تھی کہ پہلے تم نے دوسرے باٹ سے وزن کیا تھا مگر اب دوسرے سے کر رہے ہو۔ جب دکاندار بالکل ہی نہیں مانا تو خاتون نے سیبوں کا تھیلا میری طرف بڑھاتے ہوئے انتہائی لجاجت آمیز لہجے میں کہا" صاب جی! آپ یہ سیب لے لیں، سبزی مہنگی تھی میں نے سیب لے لیے تھے لیکن اب حساب کیا تو واپسی کا کرایہ نہیں بچتا" میں نے دل میں سوچا یہ بھیک مانگنے کا جدید طریقہ ہے۔ پہلے وزن

کم کر کے سیب واپس کرنے کی کوشش کی۔ جب اس طرح دال نہیں گلی تو کسی سفید پوش کو دیکھ کر اس سے رقم بٹورنے کی ٹھان لی۔ لیکن اس کے لہجے میں اتنا دُکھ اور بے بسی چھپی تھی کہ ایک پل کے لیے میں بھی سوچ میں پڑ گیا کہیں یہ واقعی ضرورت مند نہ ہو۔ لیکن دوسرے ہی لمحے خیال آیا دُکھی لہجے میں بولنا تو ان لوگوں کے بائیں ہاتھ کا کھیل ہے۔ میں اس سے توجہ ہٹا کر دکان دار سے پھلوں کے ریٹ پوچھنے لگا۔ وہ خاتون پھر مجھ سے اسی دُکھی لہجے میں درخواست کرنے لگ گئی۔ میں نے جان چھڑانے کے لیے ایسے ہی پوچھ لیا کتنے کے ہیں یہ تمہارے سیب؟ وہ بولی صاب جی چالیس روپے کے ہیں۔ پتہ نہیں مجھے کیا ہوا میں نے جیب کی طرف ہاتھ بڑھایا اور پچاس روپے کا نوٹ نکال کر خاتون کو دے دیا۔ خاتون نے کہا صاب جی میرے پاس دس روپے تو نہیں ہیں۔ میں نے کہا کوئی بات نہیں یہ سیب بھی رکھ لو اور دس روپے بھی۔ یہ کہہ کر میں دکان دار کی طرف متوجہ ہو گیا اور پھل لینے میں مصروف ہو گیا۔ پتہ نہیں وہ کب وہاں سے چلی گئی۔

"صاب جی اس طرح کی یہاں کئی پھرتی ہیں۔ لوگوں نے بھیک مانگنے کے نئے سے نئے طریقے ڈھونڈ رکھے ہیں۔ آپ بھی صاب بہت سخی لگتے ہو سیب بھی نہیں لیے اور پیسے بھی دے دیے"۔ میں دل ہی دل میں اپنے آپ کو کوسنے لگا کہ میں کیوں ایک بھکارن کے دھوکے میں آ گیا۔ پھر یہ کہہ کر دل کو تسلی دی کہ یار کون سی بڑی رقم وہ مجھ سے ہتھیا کر لے گئی ہے، ہیں تو معمولی سے پچاس روپے ہی۔ دکان دار نے بھی شاید میری دل میں کی گئی خود کلامی سن لی تھی، کہنے لگا۔" صاب جی پریشان نہ ہو، پچاس روپے کوئی بڑی رقم نہیں ہے، بس آئندہ احتیاط کرنا اس طرح کی ٹھگی عورتوں سے" دوکان دار نے ترازو سے دو کلو کا پرانا باٹ نئے دو کلو کے باٹ سے یوں بدلا جیسے میں کچھ نہیں دیکھ رہا!!

میں منڈی اور کار تک عام طور پر دو تین چکر لگاتا ہوں۔ ہفتے بھر کی سبزی ایک چکر

میں کہاں آتی ہے۔ جب میں آخری چکر کے بعد کار کے قریب پہنچا تو مجھے کار کی چھت پر ایک نیلے رنگ کا شاپر نظر آیا، پہلے تو میں ڈر گیا کہیں کسی نے کوئی دھماکہ خیز مواد تو نہیں رکھ دیا لیکن فوراً یہ خیال آتے ہی تسلی ہوئی کہ دھماکہ خیز مواد کار کے نیچے رکھا جاتا ہے، اوپر نہیں۔ میں نے کار میں سبزی کا آخری تھیلا رکھنے کے بعد شاپر اُٹھا کر کھولا تو اس میں دو کلو سیب اور دس روپے پڑے میری بھکاریوں کے متعلق سوچ کا مذاق اُڑا رہے تھے!!

(۹) مزارِ بے مردہ

رؤف خیر

بشیر بھائی بہت زندہ دل آدمی تھے۔ ہمیشہ رکوع میں دکھائی دیتے تھے۔ کمر نے جواب دے دیا تھا۔ وہ زیادہ تر اپنے گھر کے دروازے کے قریب بنے ہوئے چبوترے پر بیٹھے آنے جانے والوں سے سلام و دعا بھی کر لیتے تھے اور بے تکلف ہم سن دوستوں سے گالیوں کا تبادلہ بھی کر لیا کرتے تھے۔ ان کے گھر کے سامنے سے گزرتے ہوئے کوئی گائے بھینس گوبر کر دیتی تو بشیر بھائی کہتے تھے "یہ گائے بھینس کے بٹوے کو بھی یہیں کھلنا تھا!"

ایک دن وہ ہم سے اپنے بچوں کے بارے میں کہہ رہے تھے کہ "سالے بڑے نا خلف ہیں" کبھی بہت زیادہ خفا ہوتے تو انھیں "سالا" کہہ دیا کرتے تھے۔ دراصل بشیر بھائی محکمہ پولیس سے وابستہ تھے مگر سب انسپکٹر بننے سے پہلے ریٹائرڈ ہو گئے تھے۔ شاید گالیاں ان کا پیچھا نہیں چھوڑ رہی تھیں۔ آپ نے وہ لطیفہ تو سنا ہی ہو گا کہ اپنے حلیئے سے شریف دکھائی دینے والے ایک مولانا پولیس میں بھرتی ہونے کے لیے گئے۔ انٹرویو لینے والے انسپکٹر نے ان کی صورت دیکھ کر کہا کہ مولانا آپ کہاں آ گئے یہ محکمہ آپ جیسے لوگوں کے لیے نامناسب ہے۔ یہاں دن رات گالی بکنی ہوتی ہے۔ بغیر گالی کے کام ہی نہیں چلتا۔ پھر اس نے ان سے پوچھا آپ کو گالی دینا آتا ہے؟ موصوف نے کہا ہاں۔ تو انسپکٹر نے کہا اچھا دو چار گالیاں دے کر دکھایئے تو سہی اب مولانا شروع ہو گئے تیری ماں

کی۔۔۔ تیری بہن کی۔۔۔ انسپکٹر نے حیران ہو کر کہا بس بس۔۔۔ مولانا نے کہا بس بول رہا ہے ماں کے۔۔۔ چنانچہ ان کا تقرر ہو گیا۔

بشیر بھائی بھی اسی عادت سے مجبور تھے گھر اور باہر میں کوئی تمیز نہیں کرتے تھے وہ اکثر کہتے تھے کہ ان کی اولاد ناخلف ہے ان کی بات سنتی ہی نہیں۔ زندگی ہی میں یہ حال ہے تو مرنے کے بعد کیا یاد رکھیں گے۔ اس پر ہم نے ہمدردی کا اظہار کرتے ہوئے کہا کہ ان کے بچوں کو ان کی بزرگی کا لحاظ کرنا چاہیئے۔ پھر ہم نے انھیں ایک نیک مشورہ دیا کہ " زندگی ہی میں آپ اپنا چہلم کر دیں " بولے کیا جیتے جی چہلم؟ ہم نے کہا اس میں حرج ہی کیا ہے۔ دیکھتے نہیں گنبدانِ شاہی! بادشاہوں نے جیتے جی ہی تو تعمیر کروا لیئے تھے۔ اور ہم نے انھیں یقین دلایا کہ انشاء اللہ ہم ایک دردناک تعزیتی نظم کہیں گے اور کوشش کریں گے کہ اس کے آخری مصرعے سے تاریخ وفات بھی بر آمد ہو۔ اگر اس سال وہ تاریخ وفات غلط ثابت ہو جائے تو اگلے سال اس میں ایک الف کا اضافہ کر دیں گے اور تب بھی وہ تاریخ ٹل جائے تو کوئی فکر کی بات نہیں ہمیں نئ تاریخ کہنے میں کوئی دشواری نہ ہو گی جیتے جی چہلم کر لینے کا ایک فائدہ تو یہ ہو گا کہ آپ کو معلوم ہو گا کہ کون آپ کا سچا دوست ہے اور کون بے فا، منہ دیکھے کی بات کرنے والا۔ اپنے احباب کو آزمانے کا یہ بہانہ ہو گا۔

ہم نے ان کی تسلی کے لیے ایک شاعر کا واقعہ بھی سنایا جس نے بصد شوق اپنے لیے دو گز زمین اپنی پسندیدہ جگہ یعنی درگاہ شریفین " میں مہنگے داموں خرید رکھی ہے۔ وہ ہر ہفتہ وہاں جایا کرتے ہیں۔ سجادہ نشین نے ان کی مسلسل حاضری سے خوش ہو کر بازار کے دام سے کم یعنی صرف پچاس ہزار روپے میں انھیں دو گز زمین، مزار مبارک کے بالکل سامنے دے دی۔ جس کے شمال میں داغ دہلوی تو جنوب میں امیر مینائی اور مشرق میں شاذ تمکنت آسودۂ خاک ہیں اور مغرب میں صاحبِ مزار ہی ہیں۔ شاعر موصوف نے اس

زمین پر اپنی آخری آرام گاہ تیار بھی کروالی ہے۔ اس پر پھولوں کی ڈالی بھی لگا رکھی ہے۔ گذشتہ کئی سال سے وہ ہر ہفتہ بڑے شوق سے اپنے ہی مزار پر فاتحہ بھی پڑھ لیا کرتے ہیں کیونکہ انھیں اپنے عزیز و اقارب سے کوئی توقع نہیں کہ انھیں سال چھے مہینے میں سہی کبھی یاد کر لیا کریں گے۔ معاصرین شعرائے کرام سے بھی وہ بالکل مایوس ہیں معاصرانہ چشمک کی وجہ سے وہ ان کی کوئی یادگار قائم کرنے والے تو ہیں نہیں۔

قبرستان میں شاعر موصوف نے ایک خوب صورت کتبہ لگا رکھا ہے جس پر لکھا ہے:

دکن کے شہرہ آفاق شاعر ذوق حیدرآبادی ولد فوق اورنگ آبادی"۔ اور نیچے گزارش بھی ہے:

ابھی مزار پہ احباب فاتحہ پڑھ لیں
پھر اس قدر بھی ہمارا نشاں رہے نہ رہے

ہم نے خود اپنی کھلی آنکھوں سے دیکھا کہ وہ اپنی لحد پر آنکھ بند کیئے ہوئے اور ہاتھ اٹھائے اپنی مغفرت کی دعا کر رہے ہیں۔ پھر جیب سے پھولوں کی پڑیا نکال کر تعویذ پر ڈال دیتے ہیں۔ جب وہ پیٹھ پھیر کر مکروہاتِ دنیا کی طرف لوٹنے لگتے ہیں تو قبرِ شریف انھیں حسرت سے تکتی رہتی ہے اور زبانِ زحال سے گویا کہہ رہی ہو

کون سی رات آن ملیئے گا
دن بہت انتظار میں گزرے

وہ زندگی تو کرائے کے سرائے یا کسی چھاؤنی میں مسافرانہ ومہاجرانہ گزار رہے ہیں مگر پچاس ہزار روپے میں یہ دو گز زمین کا پلاٹ اس نیت سے خرید رکھا ہے کہ مرشد کے زیر سایہ نجات مل جائے گی، منکر نکیر رعایت کریں گے اور امید ہے کہ عاقبت سنور

جائے گی حساب کتاب کا چکر نہ ہو گا۔

انہوں نے یہ دو گز کا پلاٹ اس زمانے میں خرید لیا تھا جب اسی قیمت میں ایک سفالی مکان کسی نواح میں آسانی سے مل سکتا تھا اور وہ یہ کہنے کے موقوف میں آ جاتے۔ بقول خیرؔ۔

کسی طرح تو کرائے کی عِلّتوں سے بچے
نواحِ شہر میں اک گھر تو خیرؔ ذاتی ہے

مگر انہوں نے دنیا کی زندگی پر آخرت کی زندگی کو ترجیح دی۔ شاعر صاحب بتا رہے تھے کہ یہ دو گز کا پلاٹ بھی آخری پلاٹ رہ گیا تھا۔ اب تو پورے احاطے میں کہیں کوئی جگہ باقی نہیں رہی۔ مگر بشیر بھائی آپ فکر نہ کریں۔ اپنے محلے میں جگہ کی کوئی قلت نہیں ہے اور نہ مہنگائی اتنی بڑھی ہے اور پھر یہاں رعایت سبسڈی (SUBSIDY) مل رہی ہے اور پھر آپ سے کیا عرض کریں بشیر بھائی کچھ دن پہلے اس ذوق حیدر آبادی کے "مزارِ بے مردہ" پر ہمارا گزر ہوا۔ اس پر کسی اور نام کی تختی لگی ہوئی دیکھی یعنی کتبہ بدل گیا تھا۔ ہم نے فوراً ذوق صاحب سے فون پر رابطہ پیدا کیا۔ گھنٹی بہت دیر بجتی رہی۔ بڑی دیر بعد انہوں نے فون کا جواب دیا۔ ہم نے بعد سلام عرض کیا کہ حضور آپ کے مزارِ مبارک پر ناجائز قبضہ ہو گیا ہے۔ آج ہمارا ادھر سے گزر ہوا تو دیکھا کہ آپ کے نام کی جگہ کسی اور کا نام وہاں کندہ ہے۔ حصار بندی بھی ہو گئی ہے بولے ہاں مجھے معلوم ہے۔ ریٹ RATE اچھا مل گیا تو مزار میں نے ہی نکال دیا۔

(۱۰) محرومِ تماشا

محمد احمد

شام ڈھل چکی تھی۔ چائے کی ہوٹل پر حسبِ معمول رونق میں اضافہ ہو چکا تھا۔ لوگ مختلف ٹولیوں کی صورت میں بیٹھے ہلکی پھلکی گفتگو میں مصروف تھے اور دن بھر کی تھکن کے مارے دکھتے بدن پر ذائقہ اور تراوت کے پھائے رکھ رہے تھے۔ یہ شہر کا ایک متوسط علاقہ تھا اور سندھ کے دیگر علاقوں کی طرح یہاں کے لوگ بھی چائے کے رسیا تھے۔ باہر والے لڑکے ادھر سے اُدھر کسی کو چائے اور کسی کو دلاسہ دیتے نظر آتے اور اپنے تئیں آرڈر اور چائے کی ترسیل میں توازن رکھنے کی کوشش کرتے۔

نیلی گاہے گاہے مختلف میزوں پر جا رہی تھی۔ اُسے ان میزوں کی ترتیب اور راستوں میں آنے والی تمام رکاوٹیں ازبر ہو گئی تھیں۔ نیلی کے شانوں پر دو چھوٹے چھوٹے ہاتھ بڑی مضبوطی سے جمے ہوئے تھے جو اُسے رُکنے اور چلنے کی ہدایات دے رہے تھے، ہدایات کیا دے رہے تھے یہ ہاتھ کسی کہنہ مشق ڈرائیور کے ہاتھوں کی طرح تھے جو گاڑی کے اسٹیرنگ پر مضبوطی سے جمے گاڑی کو یہاں سے وہاں اور وہاں سے یہاں موڑنے کا کام کرتے ہیں۔ نیلی کو روکتے، بڑھاتے یہ ہاتھ پرویز کے تھے۔ پرویز نیلی سے بڑا تھا۔ بڑا بھی کیا تھا کہ پرویز اور نیلی کی عمروں میں سال دو سال کا ہی فرق ہو گا سو دونوں بہن بھائی تقریباً ہم عمر ہی نظر آتے تھے۔

نیلی دیکھ نہیں سکتی تھیں کہ اُس کی آنکھوں کی پُتلیاں پیدائش کے وقت سے ہی نہ

جانے کس انجانے خوف سے گدلائی ہوئی سفید جھلیوں کے پیچھے جا چھپی تھیں۔ پرویز اور نیلی چائے کی ہوٹل پر موجود ہر میز پر جاتے اور اُن کی طرف آس بھری نظروں سے دیکھتے۔ پرویز کا کام نیلی کو میز کرسیوں پر براجمان لوگوں کے احاطہ ء نظر میں لا کر ختم ہو جاتا۔ لوگ نیلی کی بے نور آنکھوں کو دیکھتے اور دو روپے، پانچ روپے اور دس روپے نیلی کے ہاتھ پر رکھ دیتے۔ جو لوگ کچھ نہ بھی دیتے وہ دل ہی دل میں ترس کھا کر رہ جاتے۔ ایک میز سے دوسری میز تک جاتے ہوئے ملنے والے سکے اور نوٹ پرویز کی جیب میں منتقل ہو جاتے۔

باقی سب ملازموں کی طرح الیاس بھی فیکٹری کے مالک ارشاد نواز سے خوش نہیں تھا۔ لیکن فیکٹری مزدوروں کے خوش ہونے نہ ہونے سے کسی کو کیا فرق پڑتا ہے اُنہیں پیسے چاہییے تو کام تو کرنا پڑے گا، جب اور جس طرح بھی ملے۔ تیار شدہ ملبوسات کے اس ادارے میں بے شمار مزدور دن اور رات کی شفٹوں میں کام کرتے لیکن اُن کو اتنا ہی ملتا کہ وہ بمشکل گزارا کر لیں، وہ جو بھی کماتے راشن کی نظر ہو جاتا۔ کبھی کھانے پینے یا پہنے اوڑھنے میں ہاتھ کی گرہ کھل جاتی تو قرض کی رسی زیبِ گلو ہو جاتی۔ مزدوری ہر ہفتے کے دن تقسیم ہوتی اور اُس دن مزدوروں کی کیفیت اُس گرسنہ بلی کی سی ہوتی جو ڈھونڈ ڈھانڈ کر کچرے سے ہڈی تو برامد کر لیتی لیکن اُس ہڈی سے غذائیت نچوڑنے کا عمل گلے اور تالوؤں کو اُدھیڑ کر رکھ دیتا۔ گو کہ مزدوری وقت پر ملتی لیکن کسی نہ کسی بہانے مزدوری میں کٹوتی ہو جاتی۔ کبھی کپڑا رنگنے کے عمل میں خرابی ہو جاتی تو اس کا خمیازہ مزدوروں کو بھی بھگتنا پڑتا اور کبھی کوئی برامدی ترسیل خریدار کی طرف سے رد کر دی جاتی تو بھی مزدوروں کی دھاڑی سے ہی نقصان پورا کرنے کی کوشش کی جاتی۔

"بھئی اپنی جیب سے تو نقصان پورا کرنے سے رہے، ایسے تو فیکٹری بند ہو جائے گی۔

پھر کہاں مزدوری ملے گی تم سب کو" ارشاد نواز خود کو حق بجانب سمجھتے۔

ہاں البتہ جب کبھی اُنہیں نسبتاً زیادہ منافع ہوتا تو اُنہیں کبھی وہ مزدور یاد نہ آتے جو خسارے میں اُن کے شریک ہوتے۔

زندگی بڑی عجیب چیز ہے رو دھو کر بھی چلتی رہتی ہے۔ الیاس بھی جیسے تیسے دن کاٹ رہا تھا، چھوٹے سے گھر میں وہ اور اُس کی بیوی تبسم، تنگی ترشی کی دن گزار رہے تھے۔ اُن کی تمام تر خوشی ننھے منے پرویز تک ہی محدود تھی کہ جسے دیکھ کر وہ مسرور ہو جاتے لیکن غربت کے باعث وہ اُس کے لئے بھی کچھ نہیں کر پاتے اور یہ خیال اُن کے مسرور چہرے سے اُجالا نوچ کر پھینک دیتا۔ پھر جب نیلی کی پیدائش ہوئی تو جیسے اُن کی رہی سہی خوشیوں کو بھی نظر لگ گئی۔ الیاس کا دل اُس چراغ کی طرح بجھ گیا جو طاق سے پختہ فرش پر گر کر ٹوٹ گیا ہو۔ تبسم صرف نام کی تبسم رہ گئی اور اُس کے چہرے سے مسکراہٹ ہمیشہ کے لئے رخصت ہو گئی۔ نیلی پیدائشی طور پر نابینا تھی۔ اُس کا ناک نقشہ بہت خوب تھا لیکن اُس کی آنکھیں۔ اُس کی آنکھوں کو دیکھ دیکھ کر ماں باپ کے سینے پر سانپ لوٹنے لگتے۔ انہوں نے پہلے سے سوچ رکھا تھا کہ اگر لڑکی ہوئی تو اُس کا نام نیلم رکھیں گے لیکن یہ بات اُن کے وہم وخیال میں بھی نہیں تھی کہ اُن کی نیلی، نیلم کی طرح پیاری ہونے کے ساتھ ساتھ پتھر کی طرح اُن سے بیگانی بھی ہو گی۔ غربت کے آنگن میں پلنے والے بچوں کی قسمت میں پیار کہاں ہوتا ہے پھر بھی نیلم کو پیار سے نیلی کہا جانے لگا۔ شاید یہ نام پیار سے زیادہ بولنے والوں کی آسانی کا مظہر تھا۔

"لگتا ہے تم مجھے بیمار کر کے ہی چھوڑو گے" عاصم نے متذبذب انداز میں ایک کرسی گھسیٹتے ہوئے اسماعیل سے کہا۔

"ارے سر! کچھ نہیں ہوتا! کبھی کبھی ہم غریبوں کے ساتھ بھی بیٹھ جایا کریں"۔ اسماعیل بھی ایک کرسی پر براجمان ہو چکا تھا۔

"سینکڑوں لوگ دن بھر میں یہاں سے چائے پیتے ہیں، سب بیمار تھوڑی ہوتے ہیں۔ یہ تو چند ایک نصیبوں جلے ہی آپ ڈاکٹروں کی روزی روٹی کا سبب بن جاتے ہیں" اسماعیل نے مسکراتے ہوئے عاصم پہ طنز کیا۔

"ہاں! وہ تو ٹھیک ہے لیکن دیکھو نا۔۔۔! یہ لوگ صفائی کا بالکل خیال نہیں رکھتے۔ ایسے میں ڈر تو لگتا ہے نا!" عاصم نے مسکراتے ہوئے جواب دیا۔

عاصم اُسی ہسپتال میں سینیر ڈاکٹر تھا جس میں اسماعیل بطور میل نرس کام کیا کرتا تھا۔ اسپتال کے عملے سے عاصم کا سلوک دوستانہ تھا۔ آج اتفاق سے وہ اسماعیل کو گھر تک چھوڑنے آ گیا تو اسماعیل اُسے ضد کر کے مشہورِ زمانہ کوئٹہ ہوٹل پر چائے پلانے لے آیا۔

عاصم بغور چائے بنانے والے اور برتن اُٹھانے رکھنے والے لڑکوں کو دیکھ رہا تھا۔ وہ لوگ اپنے طور پر صفائی کا خیال بھی رکھ رہے تھے لیکن عاصم کے خیال میں یہ ناکافی تھا۔ اُس کا خیال تھا کہ تھوڑی سی کوشش کر کے ممکنات کی سرحدوں کو توسیع دی جا سکتی ہے۔

غربت کے دن بھی انسان جیسے تیسے کاٹ ہی لیتا ہے لیکن کچھ دکھ ایسے ہوتے ہیں جو اُسے اندر سے کھانا شروع کر دیتے ہیں۔ نیلی کا دُکھ الیاس کے لئے ایسا ہی تھا۔ وہ ہر وقت اس کے بارے میں سوچتا کبھی خدا سے بھی شکوہ کرتا کہ اُس نے ایسا کیوں کیا۔ کیوں اُس کی چاند سی پیاری بیٹی کی ساتھ ہی ایسا ہوا کہ دنیا اُسے دیکھ کر ترس کھاتی اور وہ دنیا کو دیکھ بھی نہ پاتی۔ اُس نے اپنے طور پر نیلی کا علاج کرانے کی بھی کوشش کی لیکن نہ تو اس پسماندہ علاقے میں علاج کی اچھی سہولتیں تھیں اور نہ ہی اُس کی جیب اجازت دیتی کہ وہ آگے بڑھ کر کچھ کر سکے۔ پھر زیادہ تر ڈاکٹر اُس کی غربت کو دیکھتے ہوئے کوئی مہنگی اُمید

اُس کی جھولی میں ڈالنے سے کتراتے اور نتیجتاً اُس کی مایوسی دوچند ہو جاتی۔ سوائے کُڑھنے کے اُس کے پاس کوئی چارہ نہیں تھا۔

ہر وقت کی یہ تکلیف الیاس کے لئے دن بدن سوہانِ روح ہوتی جا رہی تھی۔ پھر فیکٹری کے کچھ ساتھیوں کے ساتھ اُسے نشے کی عادت نے آ لیا۔ وہ روزانہ رات نشہ کر کے خود کو ادھر اُدھر کی سوچوں سے آزاد کرنے کی کوشش کرتا۔ نشے سے جُز وقتی سکون تو اُسے مل گیا لیکن وہ جانتا تھا کہ وہ ایک مشکل سے نکل کر دوسری مشکل میں پھنس گیا ہے۔

پھر ایک روز جب وہ نشے کی حالت میں گھر جا رہا تھا تو ایک انجانی گاڑی نے اُس کی سب مشکلیں آسان کر دیں۔

جو گھرانہ الیاس کے دم قدم سے جیسے تیسے چل رہا تھا، اُس کے بعد تو جیسے وہاں برے وقت نے ڈیرے ہی ڈال لئے۔ مرنے والے کا کفن دفن تو کسی نہ کسی طرح ہو ہی جاتا ہے لیکن زندگی کہاں پیچھا چھوڑتی ہے، زندہ لوگوں کو تو بہر کیف جینے کا تاوان دینا ہی پڑتا ہے۔ تنگی تُرشی فاقوں کی شکل اختیار کرنے لگی تو محلے پڑوس والے بھی کچھ زیادہ ہی مصروف ہو گئے۔ کہتے ہیں بھوک بڑی سفاک ہوتی ہے۔ اور واقعی بھوک نے اُنہیں اُس مقام تک پہنچا دیا جس کا کبھی سوچا بھی نہیں تھا۔ شاید الیاس بہت خود غرض تھا کہ قبر میں جا سویا۔ اب اُس کے لختِ جگر راہوں کی دھول ہوتے رہیں اُسے ہرگز پرواہ نہیں تھی۔

نیلی اور پرویز آدھے ایک منٹ ہر میز پر رُکتے اور اگر کوئی اُنہیں کچھ دینے پر آمادہ نہ ہوتا تو وہ آگے چل دیتے۔ کبھی کبھی کچھ لوگ متوجہ ہونے یا جوابی ردِ عمل ظاہر کرنے میں زیادہ دیر لگاتے تو کچھ ثانیے اور رُک جاتے۔ ابھی مایوسی کے مہمیز کرنے پر وہ ایک میز سے مُڑے ہی تھے کہ کسی کی آواز سنائی دی۔

"بات سنو! ادھر آؤ ذرا۔۔۔۔!" یہ عاصم کی آواز تھی۔

ڈاکٹر عاصم اُس کی زندگی میں فرشتہ بن کر آئے تھے۔ شروع شروع میں تو اُسے یقین ہی نہیں آیا کہ چائے کی ہوٹل پر بیٹھا کوئی شخص اُسے بھیک دینے کے بجائے ایک ایسی بات کہہ رہا ہے جو اُس کے وہم و گمان میں بھی نہیں تھی۔ اُس نے تو اندھیروں کو ہی اپنا مقدر سمجھ لیا تھا لیکن جب اُسے یقین آیا کہ اُس کی آنکھیں بھی دنیا دیکھ سکیں گی اُس کی خوشی کی کوئی انتہا نہ رہی۔ عاصم ایک تجربہ کار ڈاکٹر تو تھا ہی ساتھ ساتھ اُس کی رسائی ایک ایسے ادارے تک بھی تھی جو راہِ خدا مستحق لوگوں کی آنکھوں کا علاج کرتا تھا۔ عاصم کی تجربہ کار آنکھیں پہلی نظر میں ہی بھانپ گئیں تھیں کہ نیلی کی مشکل کا حل ناممکن نہیں ہے۔

خوشی اور اُمید روز و شب کے حساب کو گھٹا دیتے ہیں۔ پتہ بھی نہ چلا کہ کب کاغذی کاروائیاں پوری ہوئیں اور کب وہ دن آ پہنچا کہ نیلی دن اور رات میں تمیز کرنے لگی۔ اب نیلی بے حد خوش تھی۔ وہ ایک ایک چیز کو دیکھتی اور حیران ہوتی۔ وہ اپنے تخیل کی دنیا کی ساری تصویریں حقیقی دنیا سے ملاتی اور مسکراتی۔ اُس کا تخیل کمزور نہیں تھا لیکن مکمل تصویر کاری کے لئے روشنی کتنی ضروری ہے اُسے اب اس بات کا احساس ہو رہا تھا۔

پھر آہستہ آہستہ جب روشنی کی چکا چوند کچھ کم ہوئی اور زندگی معمولات کی طرف لوٹنے لگی تو اُس پر زندگی کے خد و خال آشکار ہونے لگے۔ زندگی کی رنگا رنگی رفتہ رفتہ عمومیت کی دھند میں اپنی جاذبیت کھو رہی تھی۔ نیلی کو اکثر زندگی کی بدصورتی کا احساس ہونے لگا۔ خیراتی ادارے "نورِ اُمید" سے آپریشن کے بعد جو رقم نیلی کے گھرانے کو دی گئی تھی وہ بھی اب ختم ہو رہی تھی، اُسے اور پرویز کو لامحالہ اپنے معمول پر لوٹنا تھا کہ اس کے سوا کوئی چارہ ہی نہیں تھا۔

دوکانیں وہی تھیں، ہوٹلوں اور رہگزاروں پر موجود لوگ بھی کم و بیش وہی تھے لیکن اب پہلے والی بات نہیں رہی تھی۔ ایک دو دن میں ہی نیلی اور پرویز کو یہ احساس ہوگیا کہ گھر لوٹتے ہوئے اب اتنے پیسے اُن کے پاس نہیں ہوتے کہ وہ ٹھیک سے اپنے پیٹ کی آگ بجھا سکیں۔ آج تیسرا دن تھا کہ وہ دونوں بہن بھائی شہر بھر میں مارے مارے پھر رہے تھے لیکن کوئی اُن کا پرسانِ حال نہیں تھا۔ کوئی نہیں تھا جو پوچھتا کہ دو وقت روٹی نہ ملے تو انسان کے دل پر کیا گزرتی ہے۔ زیادہ دکھ کی بات یہ تھی کہ اب نیلی اُن لوگوں کو دیکھ سکتی تھی جو اُنہیں دیکھ کر منہ بناتے تھے، نفرت اور کراہیت کا اظہار کرتے۔ شاید یہ لوگ پہلے بھی ایسے ہی کرتے ہوں لیکن تب نیلی کو یہ بدصورت مناظر نظر نہیں آتے تھے۔ پھر سب سے بڑی بات اب نیلی کے چہرے پر وہ بے نور آنکھیں نہیں تھیں کہ جنہیں دیکھ کر لوگوں کا دل پسیج جاتا اور نوٹ اور سکے ان کی جیبوں سے نکل کر نیلی کے ہاتھ میں پہنچ جاتے۔ نیلی کے لئے یہ کرب کسی طرح کم نہیں تھا اور ستم ظریفی یہ تھی کہ اب وہ یہ سب چیزیں اپنی آنکھوں سے دیکھ رہی تھی۔

نیلی نے ایک بار کہیں سنا تھا کہ خدا کسی سے ناانصافی نہیں کرتا، لیکن تب یہ بات اُس کی سمجھ نہیں آتی تھی۔ جب اُس کی آنکھوں میں بینائی نہیں تھی تو وہ سوچتی تھی کہ خدا نے سب کو آنکھیں دی تو مجھے کیوں نہیں دیں۔ لیکن اب اُسے احساس ہو رہا تھا کہ خدا نے جنہیں آنکھیں دی ہیں وہ صرف ظاہر کو ہی دیکھتے ہیں، وہ آنکھوں پر ہی اعتبار کرتے ہیں اُنہیں شاید خدا نے دل نہیں دیے۔

(۱۱) کوکھ

شائستہ فاخری

کسی جادوگر کے طلسمی تماشے کا کردار بنی وہ جل دھارا کے بیچوں بیچ کھڑی تھی۔ اس کے دونوں گداز سینوں سے ٹپکتی ہوئی دودھ کی ننھی ننھی بوندیں جل کے دھارا میں دودھیا نقطے کی شکل میں پھیل رہی تھیں۔ چند قطرے سوکھی پیاسی زبان کی خوراک بھی بن رہے تھے۔ یہ زبان تھی اس ننھی جان کی جو پچھلے دو چار دنوں سے بستی والوں کے لئے ایک بڑا مسئلہ بنی ہوئی تھی۔ ایک لاینحل مسئلہ۔۔۔ اپنے بازوؤں میں بچی کو سمیٹے وہ لگاتار اسے نہارے جارہی تھی۔

تباہی کے دردناک منظر کو جھیلنے کے بعد بچے کھچے لوگ اسے حیرت سے دیکھ رہے تھے۔ کچھ آنکھوں میں تجسس تھا، کچھ آنکھیں حیرت زدہ اور متفکر تھیں۔ مگر ایک جوڑی آنکھیں ایسی بھی تھیں جن میں شرمندگی تھی، خوف تھا اور ساتھ ہی ساتھ پھڑپھڑاتے دل سے اٹھتی ایک کراہ بھی تھی جو دعا بددعا کے مکڑ جال سے نکلتی ہوئی اس شخص کے لب سے ٹکرا رہی تھی کہ کاش ایک بار پھر سے جل دھارا کو جلال آجائے اور وہ قدرت کا قہر بن کر ٹوٹ پڑے ایک اکیلی اس پر جو دھارا کے بیچوں بیچ کھڑی تھی۔ کاش کہ جل دھارا دو حصوں میں بٹ جائے اور وہ ہمیشہ کے لئے اس میں غرق ہو جائے۔ اور اسی کے ساتھ سدا کے لئے اس اندھیری کالی رات کا وہ سچ بھی غرقاب ہو جائے جو اسے اس وقت مرغ بسمل کی طرح تڑپا رہا تھا۔

خاموشی کا سفر طے کرتے ہوئے چند لمحے اور گزر گئے۔ اس شخص کی لرزتی آنکھیں ایک بار پھر جل دھارا کی طرف اٹھیں۔ کینوس پر ابھری تصویر کی طرح منظر ساکت تھا۔ رنگ و بو کے زاویئے میں کوئی بدلاؤ نہیں آیا تھا جیسے پورے ماحول پر آسیبی سایہ گھر گیا ہو۔ شانت ہوتی ہوئی جل دھارا کے بیچ وہ اسی طرح کھڑی تھی عقل حیران تھی۔ لوگ دیوی کی ناراضگی کا سبب نہیں جان پا رہے تھے۔ کس سے کیا بھول ہوئی کہ جو کبھی نہیں ہوا وہ بستی میں گھٹ گیا۔ اچھی خاصی، گدرائے جوبن والی، پر شباب سڈول جسم والی عورت اور جل دھارا میں اترتے ہی اچانک کیسے پتھر کی ہو گئی۔ ناف کے نیچے سے اس کا دھڑ پتھر کا ہو چکا تھا۔ جبکہ اوپری دھڑ اب بھی عام عورت کی طرح تھا اور معصوم فرشتے جیسی بچی اس کی گود میں اسی طرح محفوظ تھی جیسے کہ ماں کی کوکھ میں بچہ ہوتا ہے۔ وہ شخص جسے لوگ سردار کے نام سے جانتے تھے اور جو سچ کا بھیدی تھا، اس نے گھبرا کر ان آٹھوں عورتوں کی طرف نگاہ اٹھائی جو بدستور جل دھارا کے کنارے کھڑی گن ناک ماتمی چہرہ بنائے اپنے دونوں بازو پھیلائے اپنی باری کا انتظار کر رہی تھی۔ ان کے سینوں سے بھی مسلسل دودھ کی پتلی دھارا بہہ رہی تھی۔

دل بہلانے کے لئے سردار پچھلی باتیں یاد کرنے لگا۔ ابھی چند دنوں پہلے ہی کی تو بات ہے جب بستی پوری طرح پرسکوں ہوا کرتی تھی۔ فضا خوشگوار، لوگ خوش مزاج۔ اس کی وجہ لوگ جل گدھارا کو مانتے تھے۔ کیونکہ اس بستی کی وہ دیوی تھی اور دیوی خوش رہے اس لئے ساری بستی وہی کرتی تھی جو پرانے بڑے بوڑھے انھیں بتاتے آئے ہیں۔ وہ کہا کرتے ہیں۔۔ اچھا سوچو، اچھا کرو اور خوب جیو۔ محنت کرو اور خوش رہو۔ لوگ بتاتے ہیں کہ جب یہاں بستی بسی تھی تو ایک دن دیوی نے پرکٹ ہو کر یہی سندیش لوگوں کو دیا تھا۔ اور لوگ آج تک اسے پوری طرح مانتے بھی چلے آ رہے ہیں۔ رشتوں کا چھل، اس بستی کا

سب سے بڑا گناہ تھا۔ یہ چھل کس نے کس کے ساتھ کیا کہ ماں جیسی دیوی کو جلال آ گیا۔ سردار کی آنکھیں جھک گئیں۔ پچھلے چند دنوں سے اس کی طبیعت کی بے چینی اور بے قراری بڑھتی جا رہی تھی۔ اس کے لئے وقت جیسے تھم گیا ہو۔ معاملہ بھی تو بے حد پیچیدہ اور سنگین تھا۔

بات یوں تھی کہ درد ایک کوکھ کا تھا اور اس درد کی دعوے دار تھیں نو مائیں۔۔ اتنا یقین تو سب کو تھا کہ درد اور کرب تو صرف ایک کوکھ کو ہی سہنی پڑی ہو گی مگر یہ آٹھ کوکھ کیوں چیخ اٹھیں۔ عجیب قصّہ ہے۔ بالکل دادی ماں کی سنائی ہوئی دیومالا کی کہانی جیسا۔ مگر یہ کہانی ہر گز نہیں ہے۔ کیونکہ ثبوت کے طور پر وہ ننھی جان جو فساد کی جڑ مانی جا رہی تھی، سب کے بیچ موجود تھی۔ کبھی ٹکر ٹکر سب کو دیکھتی، اور کبھی چیخ چیخ کر رونے لگتی، تھک جاتی تو کسی کے کندھے پر سر رکھ کر سو جاتی۔ اٹھتی تو بھوکی ہوتی۔ اپنی بھوک مٹانے کے لئے وہ انگوٹھا چوسنا شروع کر دیتی۔ لگاتار چوسنے سے اس کا انگوٹھا سفید پڑ جاتا مگر اس کی بھوک نہ مٹتی۔ وہ پھر آنسو بہانے لگتی، روتی اور دیر تک روتی رہی۔ گھنٹوں اس کی رلائی لوگوں کے دل کو رہتی۔ پچھلے چار دنوں سے یہ سلسلہ جاری تھا۔

مگر یہ سلسلہ شروع کہاں سے ہوا؟ اس کی حقیقت کو سوچ سوچ کر سردار پریشان ہوتا۔ آنکھیں خشک تھیں مگر دل خون کے آنسو رو رہا تھا۔ لحیم شحیم شخصیت کا مالک رعب دار سردار اس وقت اپنے آپ کو ایک دبکا ہوا چوہا محسوس کر رہا تھا کہ کہیں کوئی بل نظر آ جائے اور وہ اس میں پناہ لے۔ مگر ایسا کچھ ممکن نہیں تھا۔ سچائی کا سامنا اسے کرنا ہی تھا۔

اپنے ذہنی دباؤ کو ہلکا کرنے کے لئے اس نے چار دن پہلے کی پر سکون رات کو یاد کیا جب ہلکی خنکی بھری ہوائیں چل رہی تھیں۔ لوگ ہر رات کی طرح اس رات کو بھی کھانا کھانے کے بعد جل دھارا کے کنارے چہل قدمی کر رہے تھے کیونکہ یہاں کا معمول تھا کہ سونے

سے پہلے بستی والے جل دھارا کو کرتے تھے تاکہ دیوی ساری رات بستی کی حفاظت کرتے رہیں اور لوگ امن چین کی نیند سو سکیں۔ ہمیشہ کی طرح نیلے آسمان پر چاند نکلا، تارے جھلملائے، چکور چکوریاں اونچی اڑان میں جیسے چاند کو چھو لینے کی چاہ میں دائرہ بنائے چکر کاٹنے لگیں۔ کبھی کبھی کہیں دور ٹوٹتے تارے لپکتے شعلوں کی طرح نظر آ جاتے۔ تاروں کا ٹوٹنا بستی والے اشبھ مانتے تھے۔ سردار کا دل اس وقت بری طرح سے دہل اٹھا جب اس نے صاف شفاف جل کی دھارا میں ٹوٹتے تارے کا عکس دیکھا۔ وہ گھبرا کر گھر واپس آ گیا اور چپ چاپ بستر پر لیٹ کر سونے کی کوشش کرنے لگا۔ بند پلکوں میں پتلیاں پھڑ پھڑاتی رہیں۔ اور بوجھل آنکھوں کی نیند کہیں ویرانے میں دم توڑتی رہی۔ رات گزر گئی۔ صبح ہلکی سی جھپکی ہی آئی تھی کہ بے تحاشا اٹھتی چیخ پکار نے اسے بدحواس کر دیا۔ وہ ننگے پاؤں بغیر سر پر پگڑی باندھے دوڑتا ہوا گھر سے باہر نکلا۔ اور پھر۔۔۔۔۔ سردار کی آنکھیں آنسوؤں سے دھندلا گئیں۔ کیونکہ اس کے آگے کا منظر وہ یاد نہیں کرنا چاہتا تھا۔ خوش حال بستی جل دھارا کے قہر سے اجڑ چکی تھی۔ بسے بسائے مضبوط گھر پانی کی طوفانی دھاروں میں ریت سے بنے گھروندے کی طرح بہ گئے۔ گھٹتی سانسیں پانی میں دم توڑنے لگیں۔ لاشیں تنکوں کی طرح دھارا کی اچھال پر ہچکولے کھا رہی تھیں۔ کیا بچے، کیا بوڑھے، کیا مرد، کیا عورت۔۔۔۔ جل دھارا نے کسی کو نہیں بخشا۔ وہی جل دھارا جس کی عبادت کی جاتی تھی۔ بستی والے جس کی پوجا کرتے تھے، منتیں مانگتے تھے اور منتیں پوری ہونے پر پھولوں کی مالا جل دھارا پر چڑھاتے تھے۔ پھر ایسا گناہ کس سے ہو گیا۔ کہ ماں جیسی جل دھارا کو جلال آ گیا۔ بستی اجڑ گئی۔ ایک جوڑی پشیمان آنکھیں اس سچ کو جانتی تھیں، پہچانتی تھیں مگر خاموش تھیں۔ ایک سچ کو قبول کرنے کا مطلب تھا کہ کئی سچ سامنے آ جاتے۔ وہ سچ کی پردہ داری خاموش کھڑا بھیڑ کا ایک حصہ بنا ہوا تھا۔ وہ کیسے بھول سکتا تھا کہ بستی والے اس

کے پاک کردار کی قسمیں کھایا کرتے تھے۔ بہر حال جو سامنے تھا وہ یہ تھا کہ بستی اجڑ چکی تھی مگر اتنے جلال کے باوجود اس ننھی جان کو جل دھارا نگل نہ سکی۔ اگل دیا اس نے۔ آٹھ ننھے وجود جل دھارا کی گود میں سو گئے۔ اسی ایک بچی پر مادر حق کے دعوے کے لئے نو اجڑی ہوئی مائیں آگے بڑھیں۔ ایک بچی کے لئے نو کوکھ کیسے دعویدار ہو سکتی تھیں؟ ہر عورت اپنے آپ میں سچائی کی ایک جیتی جاگتی تصویر تھی۔ بچی کس ماں کی گود میں ڈالی جائے اس سوال نے بستی والوں کو پریشان کر رکھا تھا۔ آخر کار یہ طے ہوا کہ فیصلہ سردار کرے گا کیونکہ وہی اکیلا ایک شخص تھا جس پر کبھی کسی نے انگلی نہیں اٹھائی تھی۔ وہ ان تمام کمزوریوں سے اوپر تھا جو انسانی کردار کو سطح سے نیچے گراتی ہیں۔ فیصلہ سب کے بیچ ہونا تھا۔ جل دھارا کے کنارے عدالت لگ گئی۔ اس بچی کو روتا ہوا دیکھ کر وہ نو مائیں بھی رونے لگیں۔ آہ وزاری کرنے لگیں۔ ممتا کی چھاؤں دینے کے لئے سبھی الگ الگ ناموں سے اسے پکارنے لگیں۔ مگر بھوکی پیاسی بچی سردار کی مضبوط بانہوں کی گرفت میں تھی۔ اسے چپ کرانے کے لئے وہ ہر ممکن کوشش کر رہا تھا۔ چیختے چیختے ننھی جان تھم کر نڈھال ہو گئی اور سردار کے کندھے پر سر رکھ کر سو گئی۔ عدالتی کاروائی شروع ہو گئی۔

گھنٹوں ذہنی مشقت کے بعد آخر کار سردار کے حکم پر نو ماؤں کو ایک قطار سے کھڑا کر دیا گیا۔ گنتی شروع ہوئی۔ ایک۔۔ دو۔۔ تین۔۔ چار۔۔۔ !بستی والے گنتی کر رہے تھے اور ادھر سردار کی جسم کے ساتھ نظریں بھی تھر تھرا رہی تھیں۔ سردار کی آواز میں آج کپکپاہٹ تھی۔ اس کی کئی پشتیں سربراہ رہی ہیں۔ ان کی عزت، آن بان، شان پر کوئی ترچھی نظر اٹھانے والا فرد پیدا نہیں ہوا تھا۔ ایسا بستی والوں کا ماننا تھا۔

اچانک شور اٹھا۔۔ ایک عدد عورت کم ہے۔ گنتی پھر شروع ہوئی۔ ایک۔۔ دو۔۔ تین۔۔ چار۔۔۔ ! گنتی کرتی ہوئی انگلیاں آٹھویں عورت پر آ کر رک گئی۔ نویں عورت کہاں

گئی؟؟ کئی بار گنا گیا مگر گنتی ایک سے آٹھ تک ہی رہی۔ آخر نویں عورت کہاں لاپتہ ہو گئی؟ کیا پہلا جھوٹ پہلے ہی قدم پر پیچھے ہٹ گیا۔

نویں عورت کی گمشدگی نے سردار کے وجود کو زلزلے میں ڈھکیل دیا ہو۔ پریشانی کے عالم میں سردار نے سوئی ہوئی بچی کو بے خیالی میں جل دھارا کے کنارے بنے چکنے پتھر کے چبوترے پر لٹا دیا۔ یہ وہی پتھر تھا جس پر بیٹھ کر لوگ سمادھی میں لین ہو کر دھیان لگاتے تھے۔ اسی پتھر پر اس کالی اندھیری رات میں سردار نے گوتم کو دھیان میں ڈوبے دیکھا تھا۔۔۔۔ دیوی کے دھیان میں مگن گوتم۔۔۔۔ کتنی دیر تک سردار ہنستا رہا۔۔ خوب ہنستا رہا۔۔ زور زور سے ہنستا رہا۔۔۔ گوتم کی آنکھ کھل گئی۔۔۔ دھیان بھنگ ہو گیا۔ تب سردار نے ہاتھ اٹھا کر آشیرواد دیا تھا۔ دیوی تمھارا کلیان کریں۔۔۔ تمھاری نسل پروان چڑھے۔۔ تمھارا نام امر رہے۔ گوتم سردار کے قدموں میں لوٹ گیا تھا۔ یہی مانگنے تو وہ جل دھارا پر آیا تھا اور سردار نے جیسے اس کے دل کی پکار سن لی تھی۔

ادھر بچی چبوترے کی سختی کو برداشت نہ کر سکی۔ اس کی آنکھ کھل گئی۔ بھوک کی شدت سے وہ چیخ چیخ کر پھر رونے لگی۔ اچانک شور اٹھا۔ "سردار نویں عورت جل دھارا میں ہے۔
"

'کیا؟' سردار کے ساتھ ساتھ سب کی آنکھیں حیرت سے پھیلی ہوئی تھیں۔ وہ دھارا میں بیچوں بیچ کھڑی تھی۔ اس کا آدھا دھڑ جل دھارا میں ڈوبا ہوا تھا۔ کوئی ہلچل نہیں، کوئی زندگی نہیں۔ پتھرائی بے نور آنکھوں سے وہ اپنے اجڑے سنسار کو دیکھ رہی تھی۔ حیرانی کی بات یہ تھی کہ اس کی ناک کے نیچے کا حصہ پتھر کا بن چکا تھا جبکہ ناف کے اوپر وہ عام عورتوں کی طرح تھی۔ ممتا کی گرماہٹ اب بھی اس کے سینوں میں محفوظ تھی اور نگاہیں بچی پر جمی ہوئی تھیں۔

بڑھتے ہوئے شور کو سردار کی آواز نے دبا دیا۔ "یہ عورت بھی دعویداری میں آگے آئی تھی۔ اس لئے اس کی گنتی بھی دعویداروں میں ہو گی۔ چاہے یہ آدھی پتھر کی ہی کیوں نہ بن چکی ہو۔ نسل بڑھائی جاتی ہے ناف کے نیچے سے اور پروان چڑھتی ہے ناف کے اوپر سے۔ یہاں بڑھانے کی نہیں پروان چڑھانے کی بات ہے۔ اس لئے اس کے دعویداری پر کسی کو شک نہیں ہونا چاہئے۔"

لوگوں نے تالی بجا کر سردار کے فیصلے کا استقبال کیا۔

بچی لگاتار رو رہی تھی۔ مگر بھیڑ کے شور میں آواز دبی ہوئی تھی۔ سردار کا حکم ہوا۔ 'باری باری سے سب کی گود میں بچی کو ڈالا جائے۔ جس کی گود میں بچی چپ ہو جائے گی، وہی اس کی ماں کہلائے گی۔"

ہر عورت اپنی باری آنے پر باہیں پھیلا کر ممتا سے بچی کو اپنے سینے سے چپکا لیتی۔ خود کو محفوظ سمجھ کر بچی چپ ہو جاتی۔ آٹھوں عورتیں خوش ہو گئیں۔ انھیں لگا ان کے دعوے سچ ہو گئے۔ مگر نویں عورت کے لئے اب کیا کیا جائے۔ سردار آگے بڑھا۔ بچی کو اپنی گود میں لیا اور جل دھارا میں اتر گیا۔

عورتوں کی گود سے جدا ہوتے ہی بچی پھر رونے لگی۔ سردار نے جل دھارا میں کھڑی ہوئی نویں عورت کی گود میں بچی کو ڈال دیا۔ لمحے بھر کے لئے نویں عورت کے جسم میں ہلچل سی ہوئی۔ دونوں باہیں اٹھیں۔ اس نے بچی کو اپنے سینے سے لگا لیا۔ روتی ہوئی بچی چپ ہو گئی مگر سردار حیران ہو اٹھا یہ دیکھ کر کہ بچی چپ تو ہے مگر اس کی آنکھوں قطرہ قطرہ آنسو بہ رہے ہیں۔ ان بہتے ہوئے آنسوؤں کے معنی گہرے تھے جنھیں سردار سمجھنا نہیں چاہتا تھا۔ اس نے جلدی سے بچی کو واپس اپنی گود میں لیا اور جل دھارا سے باہر نکل گیا۔ سردار

کے لئے فیصلہ لینا اور بھی مشکل ہو گیا۔ کیونکہ کسی کا بھی دعوی کمزور نہیں پڑا تھا۔ فیصلہ اگلے دن کے لئے ٹال دیا گیا۔

اگلے دن پھر جل دھارا کے کنارے عدالت لگ گئی۔ آٹھوں عورتیں سردار کے سامنے ایک قطار میں کھڑی ہو گئیں۔ نویں عورت بدستور جل دھارا میں تھی۔ اس کی آنکھیں بچی کی جانب تھی اور بچی سردار کی گود میں مسلسل رو رہی تھی۔ چپ کرانے کا ایک ہی طریقہ تھا۔ جلد سے جلد اس کی بھوک مٹا دی جائے۔

سردار کی آواز بھیڑ کے شور کو دباتی چلی گئی۔ "آپ سب دیکھ رہے ہیں کہ بچی بھوکی ہے۔ رو رہی ہے۔ وقت کا پہلا تقاضا ہے کہ اس کی بھوک مٹائی جائے۔ اس لئے ہر عورت بھوکی بچی کو اپنے سینے کے قریب لائے گی۔ جس نے اس کو جنا ہو گا اس کی چھاتی سے دودھ ٹپکنے لگے گا۔ کیونکہ یہ خدائی شان ہے کہ کوکھ سے جنا ہوا بچہ بھوکا ہوتا ہے تو اس کی ماں کی چھاتی سے خود بخود ٹپکنے لگتا ہے۔ جو اس بچی کی بھوک مٹائے گی وہی عورت اس کی ماں ہے اور اسے ہی یہ بچی سونپی جائے گی۔

ایک بار پھر عورتیں امتحان کی گھڑیوں سے گزرنے لگیں۔ ایک۔۔ دو۔۔ تین۔۔ چار۔۔۔ ! اس خدائی کرشمے کو دیکھ کر لوگوں کی سانسیں تھمنے لگیں۔ انگلیاں دانتوں تلے دبنے لگیں۔ خود سردار پریشان اور پشیمان تھا کہ کہیں اس کا قول جھوٹا نہ پڑ جائے۔ فیصلہ لینے میں وہ کہیں نا اہل نہ ثابت ہو جائے۔ بچی خاموش ہو چکی تھی۔ اس کی بھوک مٹ رہی تھی۔ باری باری سے وہ ہر عورت کے سینے سے ٹپکتے دودھ کو پی رہی تھی۔ آٹھوں عورتیں خوش تھیں کہ سبھی کے سینوں میں دودھ اتر رہا تھا۔ سب کے دعوے سچے ثابت ہو رہے تھے۔ سردار کی نگاہیں نویں عورت کی طرف اٹھی جو جل دھارا میں آدھی ڈوبی اب بھی کھڑی تھی۔ اس کی دونوں بانہیں بچی کی طرف پھیلی ہوئی تھیں۔

حیرانی کی بات تو یہ تھی کہ بچی ابھی اس کی گود میں پہنچی بھی نہیں تھی اور اس کے سینے سے بہتا ہوا دودھ جل دھارا میں ٹپکنے لگا تھا۔ قطرہ قطرہ ٹپکتی دودھ کی ننھی ننھی بوندیں جل دھرا میں گر گر کر اسے مزید مقدس بنا رہی تھیں۔

سردار کی گود میں بچی آچکی تھی۔ اور اس قدم جل دھرا کی طرف بڑھ رہے تھے۔ بچی نویں عورت کی گود میں آتے ہی اپنا سر اس کے سینے میں چھپانے لگی۔

بچی دودھ پی رہی تھی اور ایک جوڑی گنہگار آنکھیں اپنے اوپر نادم تھیں۔ سردار جل دھارا سے معافی مانگ رہا تھا اس رات کے گناہ کی جب قہر کی ابتداء کا بیج نویں عورت کی کوکھ میں آیا تھا۔

وہ رات اماوس کی تھی۔ ہر اماوس کی رات جل دھارا کے کنارے میلا لگتا تھا۔ لوگ ناچتے، گاتے، شراب پیتے جل دھارا کی شان میں قصیدے پڑھتے اور پھر صبح کی پو پھٹنے سے پہلے اپنی اپنی منتیں مانگ کر واپس بستی کو لوٹ جاتے۔ رات اندھیری تھی، گھور اندھیری۔ میلے میں جانے کے لئے بستی والوں نے اپنے گھروں سے نکلنے کی تیاریاں شروع کر دی تھیں۔

آج گوتم کو اپنا پورا دھیان لگا کر دیوی ماں سے منت مانگنی تھی۔ اپنی عورت کی پیاسی کوکھ کو ہرا کرنے کے لئے۔ اس کے لئے وہ کڑا سے کڑا تپ کرنا چاہتا تھا۔ رشیوں جیسا سیدھا سادا سچا انسان گوتم۔ اپنی پیٹھ سیدھی کرنے کے لئے لیٹا ہی تھا کہ مرغے کی تیز بانگ کی آواز گونجی۔ گوتم ہڑبڑا کر اٹھ بیٹھا۔ اِندر دیو کا اثر تھا یا کسی کی بدنصیبی کا اعلان۔ مرغے کی بانگ پر گوتم نے بستر چھوڑ دیا۔ خالی ہوئے بستر کے دوسرے کنارے پر وہ اپنے تنہا جسم کے ساتھ اکیلی رہ گئی۔

گوتم دیوی کا دھیان لگا کر سمادھی میں لین ہونے کے لئے جل دھارا کی طرف بھاگا جا رہا تھا اور ادھر اس کی بیوی سمبھوگ سے سمادھی تک کے درمیانی سفر میں ہچکولے کھا رہی

تھی۔ گوتم نے اسے پیاسا چھوڑ دیا تھا اور پیاسے جسم سمبھوگ کو پچھاڑ کر سمادھی کی سیڑھیاں نہیں چڑھ سکتے۔ جسم کی پیاس روح کو پیاسا بنا دیتی ہے اور پھر۔۔۔۔۔ دیوی کیا۔۔۔ اور دنیا کیا! سب شونیہ پر ٹھہرے ایک تصوراتی کھنڈر بن جاتے ہیں۔

ہاں اس رات کی ہی تو بات ہے۔ آسمان پر چاند نہیں نکلا تھا۔ ٹمٹماتے تارے کہیں دور منھ چھپائے گہری نیند سوئے تھے۔ ہلکی خنکی کے ساتھ ہوا کی سرسراہٹیں سردار کے ململ کے کرتے کو اڑاتی ہوئی اس کی خوشبو کو تیز جھونکے کو فضا میں پھیلا رہی تھی۔ قدم آہستہ آہستہ جل دھارا کی طرف بڑھ رہے تھے جہاں کا جشن اس کے انتظار میں تھا۔ اچانک سردار کے کانوں میں ٹھنڈی سسکاریاں ٹکرائیں۔ قدم ٹھٹھک گئے۔ شراب کے سرور میں اضافہ ہوا۔ آنکھوں میں مستیاں اتر آئیں۔ کھلے دروازے میں سردار داخل ہو گیا۔ سر پر بندھا ہوا ابراسا کلف دار صافہ اتر گیا۔ خوشبو میں رچا بسا سفید ململ کا کرتا کب اتر کر زمین پر گر پڑا، اس کا علم نہ سردار کو ہوا اور نہ اس نویں عورت کو جو مکمل طریقے سے خود کو سردار کے سپرد کر چکی تھی۔

سردار چلا گیا۔ جل دھارا کے جشن میں شامل ہونے کے لئے۔۔ چبوترے پر دھیان مگن بیٹھے گوتم کو دیکھ کر اسے کتنی ہنسی آئی تھی۔

اچانک لوگوں کی چیخ پکار اور آٹھوں عورتوں کو آہ وبکا نے جیسے سردار کو ہوش میں لا دیا۔ وہ ماضی سے نکل کر پھر سے موجودہ حالات پر آ گیا۔

جل دھارا میں کھڑی نویں عورت کی گود سے بچی غائب تھی اور وہ عورت دھیرے دھیرے سر سے پیر تک پتھر کی مجسمہ بنتی جا رہی تھی بالکل اہلیہ کی طرح۔

بستی کے لوگ دم بخود تھے۔ ان پر حیرت کے پہاڑ ٹوٹے ہوئے تھے۔ ان کی آنکھوں کے سامنے اب جو منظر تھا وہ بھی ناقابل یقین تھا۔ یہ کیسے ممکن تھا۔ پردے کی عزت کھلے

آسمان کے نیچے، ننگے سر، ننگے پیر، کھلے بال ماتم کرتی، گود میں اسی معصوم جان کو اٹھائے دیوی ماں کو پکارتی تیز قدموں سیاس سمت کو بڑھ رہی تھی جہاں کی ویران اور اجاڑ پڑی بستی نئی فصل کے لئے اس کے انتظار میں تھی۔ یہ دسویں عورت سردار کی بیوی تھی اور اس کی گود میں سردار کی بچی۔۔

آٹھوں عورتیں جل دھارا کی بھینٹ چڑھی اپنی بچیوں کو غمناک یادوں کے ساتھ وہیں کنارے پر بیٹھی رہ گئیں۔

آج اماوس کی پھر گہری اندھیری رات تھی۔ اندھیرا اپنے شباب پر تھا۔ لوگ ماں جیسی جل دھارا کے اردگرد اکٹھا تھے۔ بستی کے لوگ خوشحالی کے پرسکون نغمے گا رہے تھے۔

(۱۲) کنی کا راجکمار

قاسم خورشید

ہاں تو صاحبان۔۔۔ قدر دان۔۔۔ مہربان
جگر تھام کر بیٹھ جایئے۔ جی چاہے تو اٹھ جایئے
اپنے مایوس چہروں پر ہنسی لایئے۔ دنیا سے تھوڑی غشی لایئے
بہت رو چکے۔ بے حسی لایئے
صاحبان۔۔۔ قدر دان۔۔۔ میں کون ہوں۔ کیا ہوں۔ کیوں ہوں
یہ سب آپ جانتے ہیں
مجھے دل سے مانتے ہیں
یہ آپ کی بستی ہے
جہاں جان سستی ہے
روز کوئی مرتا ہے
اور مرنے سے ڈرتا ہے
موت تو برحق ہے
اوپر بھی دوزخ ہے
میرے پاس جنت ہے۔ میرے پاس سپنے ہیں۔ آپ سبھی اپنے ہیں۔
یہ کون سی بستی ہے

جو ہمیشہ سسکتی ہے

چیخ ہے پکار ہے

غصہ ہے انگار ہے۔ کچھ ہونے کا انتظار ہے

یہاں سپنوں کا شاسن ہے

اور ہوا میں آسن ہے

جہاں سورج بیکار ہے

اندھیروں کا بیوپار ہے

میرے پاس تیج کا بھنڈار ہے

تو حاضرین! آپ کے سامنے سپنوں کا راجکمار ہے

میں جانتا ہوں۔ کنّی بھی بھوکی ہے۔ مہر النساء بھی دکھی ہے

کنّی کو روٹی کا انتظار ہے۔ مہر النساء شادی کے لئے بے قرار ہے۔ تو صاحبان۔ قدردان۔ آج میں مہر النساء کو لڑکا دوں گا اور کنّی کو روٹی۔ یہ رہی میرے سپنوں کی جھولی۔ دھیرے دھیرے سبھوں کو خوشی دوں گا۔ چلو کنّی چلو۔ میرے ساتھ چلو میری دنیا میں چلو۔ ارے گھبراؤ نہیں۔ کچھ پل کے لئے تو زندہ رہنے کی کوشش کرو۔ کنّی اپنی آنکھوں کے آنسوؤں کو مجھے دے دو۔ اپنی بڑی بہن مہر النساء کو بھی سمجھاؤ کہ ابا اس کی شادی کر ہی نہیں سکتے۔ اب وہ چھتیس کی ہو گئی ہے۔ آنکھوں کے نیچے کالے دھبے آ گئے ہیں۔ ہڈیاں ہر طرف سے ابھرنے لگی ہیں۔ کنّی سمجھاؤ اسے کہ ابا نہیں لا سکتے اب دو وقت کی بھی روٹی۔ بھلا مہر النساء کی شادی کہاں سے کریں گے۔ کنّی تم بھی پندرہ سال کی ہو گئی ہو اور اب تک روتی ہو روٹی کے لئے! تمہیں تو اور بھی رونا ہو گا۔ دیکھ لو مہر النساء کی آنکھوں کے نیچے ابھرتے ہوئے کالے دھبے کو۔ تم نہیں ڈرتیں اس دھبے سے؟ تم نہیں ڈرتیں جگہ

جگہ سے نکلنے والی ہڈیوں سے ؟ کنّی ۔۔۔! میری اچھی کنّی۔ تم ابھی کام کی ہو۔ ہونٹوں کے لئے جام سی ہو۔ روٹی کے لئے رونا چھوڑ دو۔ اپنے جیون کی نیّا موڑ دو۔ اوہ! اب تم کیا سوچنے لگی۔ تم ایسی گمبھیر تا سے مت جیو۔ اس سے پہلے کہ کنّی سے قمر النساء بن جاؤ۔ آؤ میرے ساتھ آؤ۔ میں لال پری بنا دوں گا۔ دیکھو میری جھولی میں رکھے ہیں، رنگ برنگ کے پریوں کے پر۔ تمہیں اپنے لئے جو اچھا لگے چن لو۔ ہاں ہاں آؤ میرے ساتھ آؤ۔ اب مت دیکھو مہر النساء کی طرف۔ بڑھو۔ آگے بڑھو کنّی۔ مت منانے کی کوشش کرو مہر النساء کو۔ وہ جانتی ہے اپنی حقیقت۔ وہ آنکھوں کے نیچے جمے کالے دھبے کو لے کر کہاں جائے گی؟ تھوڑا سفر اور طے کرنا ہے اسے۔ پھر راہ میں ہی مر جائے گی۔ کنّی! اگر تم نے سب کچھ پا لیا تو بدل جائیں گے حالات بھی۔ مہر النساء کے دس سال کم کر دینے، اسے گوشت پوست میں تبدیل کرنے، صرف ایسا ہی نہیں، موت کے انتظار میں، جینے والے تمہارے ابا کو جینے کی چاہت دلانے کی بھی گارنٹی۔ کنّی کیا سوچ رہی ہو۔ تم خوبصورت ہو۔ زندہ ہو۔ پھر کاہے کا غم۔۔۔! اچھا ایسا کرو آج کی رات سوچ لو۔ کل کا دن بھی تمہارا۔ چلو نیند آنے تک دوسری شب کی آدھی رات بھی تمہاری۔ میں پھر آؤں گا پچھلے پہر۔ اگر کھلی آنکھوں کا سپنا ہو تو میرے ساتھ چلنا۔ سونے دینا مہر النساء اور ابا کو۔ انہیں اب جگانے کی بھی ضرورت نہیں ہے لیکن تم جو اور آنے والی راتوں میں ان کے ساتھ سوئیں تو میں تمہاری بستی سے چلا جاؤں گا۔ کنّی تم میرے ساتھ نہیں آئیں تو کوئی خواب پورا نہیں ہو گا مہر النساء اور تمہارے ابا کا۔ میں رات کے پچھلے پہر آؤں گا۔ تم سوچ لینا۔ خوب سوچ لینا۔

سپنے لے کر آنے والا نوجوان اپنی چھڑی ہلاتا ہوا چلا جاتا ہے۔ چونکہ ایک امید دے کر وہ رخصت ہوا تھا اس لئے کنّی نے روکا نہیں۔ اس کے جانے کے بعد مہر النساء نے کنّی کے کندھے پر ہاتھ رکھا۔ وہ بوسیدہ کمرے میں لوٹ آئی۔

آج پہلی رات تھی۔

مہر النساء کا یوں بھی برسوں سے نیند سے کوئی تعلق نہیں تھا۔ وہ اپنی آنکھیں بند کیے سوچتی رہی۔ آج کنّی بھی اس کی بیداری میں شامل تھی۔ مہر النساء نے محسوس کیا کہ وہ بے چین ہے۔

'کیا ہوا کنّی۔۔۔ سو کیوں نہیں جاتی ؟'

'ہاں سو جاؤں گی۔۔۔'

'کنّی کیا سوچا ہے تم نے۔۔۔'

'کچھ بھی نہیں۔'

'تو پھر کیوں جاگ رہی ہو ؟'

'اب تو حد ہو گئی۔ دو دنوں سے پیٹ میں کچھ بھی نہیں، تو پھر نیند کہاں سے آئے گی۔'

'کنّی۔۔۔! میں تیری بڑی بہن ہوں۔ برا تو نہیں چاہ سکتی۔ تو مجھ جیسا کیوں بننا چاہتی ہے۔ ابا کسی لائق نہیں رہے۔ اماں تھیں تو کس طرح گھر میں رونق تھی، کوئی نہیں جانتا تھا۔ وہ کیا گئیں۔ سب کچھ ؟ ابا شرافت کے پردے میں رہ کو خود بھی ایک روز گزر جائیں گے۔ تو بھی مجھ جیسی ہو کر مت رہنا کنّی۔ ہم پردے کے باہر نہیں جاسکتے۔ صرف مل سکتے ہیں سپنوں کے راجکمار سے۔ میرا راجکمار تو بوڑھا ہو گیا ہے۔ وہ برسوں سے

میرے پاس نہیں آتا۔ تیرا راجکمار ڈھیر ساری امنگوں کے ساتھ تیرے پاس آیا ہے۔ تو چلی جا اس کے ساتھ۔'

'لیکن باجی۔۔۔ تم۔۔۔!'

'کنّی۔۔۔! میں؟ میں ہوں کہاں؟ تجھے لگتا ہے کہ میں کہیں ہوں؟ تو نے نہیں دیکھا راجکمار تجھے بلانے آیا تھا۔ تیرے لئے اس نے روپ بھی بدل لیا تھا۔ مجھے تو اس نے ایک پُل سمجھ رکھا تھا۔ مجھے چونکانے کے لئے پرانے زخم کرید رہا تھا۔'

مہر النساء بولتی رہی۔ بہت دیر تک بولتی رہی۔ پھر وہ بہک جاتی ہے۔ اندھیروں میں جا کر کچھ تلاش کرنے لگتی ہے۔ اپنی چکٹ سی پوٹلی سے نکالتی ہے بندیا۔ ٹوٹا ہوا آئینہ۔ اور چاہ کر بھی کوئی روشنی نہیں ملتی کہ وہ اپنے ماتھے پر اسے چمکتے ہوئے اس آئینے میں دیکھ سکے۔ تب وہ دیر تک رات کو سرکتے ہوئے دیکھتی رہتی ہے۔ دیکھتی ہی جاتی ہے۔ وہ اپنے روایتی مگر بوڑھے راجکمار کے بارے میں پھر سے سوچنے لگتی ہے۔

گھریلو تعلیم مکمل کرنے کے بعد پورے خاندان میں صوم و صلوٰۃ کے پابند ہونے کی خوبیوں نے اس میں زبردست اعتماد بھر دیا تھا۔ اس قدر پُر خلوص کہ ہر کوئی اپنے گھر کی بہو بنانے کے لئے بے چین۔ ڈگری یافتہ نہ ہونے کے باوجود اخباروں اور رسائل پر گہری نظر رکھتی تھی۔ آئی۔ اے۔ ایس کی تیاری کرنے والے اپنے خالہ زاد بھائی میاں شبو سے وہ اکثر بحث کرتی تھی۔ چونکہ دونوں بچپن سے ایک دوسرے کو بہت پسند کرتے تھے اس لئے گھر والوں کے سامنے نفسیاتی سطح پر غیر محرم ہونے کا مسئلہ بھی نہیں اٹھ پایا تھا۔

جنرل نالج کے معاملے میں اکثر مہر النساء شبو بھائی پر حاوی ہو جاتی تھی۔ شبو بھائی کہتے کہ یہ تیاری تمہیں کرنی چاہئے تھی تو مہر النساء کہہ دیتی کہ یہاں نالج سے زیادہ

ڈگری کی اہمیت ہے۔ کیونکہ ہمارا ایجوکیشنل سسٹم ہی کچھ ایسا ہے کہ چاہے صلاحیتیں ہوں کہ نہ ہوں، لیکن ڈگریوں کا بوجھ بہت ضروری ہے۔ میرے ابا کی تو انگریزی اتنی اچھی ہے کہ ان کے ڈرافٹ پر نام نہاد ڈگری یافتہ چاہ کر بھی غلطی نہیں نکال سکے۔ لیکن۔۔۔؟

شبو بھائی مہر النساء کی ذہانت سے بخوبی واقف تھے۔ اسے بہت پسند بھی کرتے تھے۔ یہاں تک کہ صوم و صلوٰۃ کی پابند لڑکی کو جسم و جان کی اہمیت سے واقف کروایا۔ اسے عشق مجازی کی تمام تر لذتوں سے گزارنے کی کامیاب کوشش کرتے ہوئے زندگی بھر ساتھ رہنے کا اعتماد بھی دے ڈالا۔ مہر النساء خواب دیکھنے لگی۔ وہ دلہن کے روپ میں سجی سنوری۔ ڈھولک کی تھاپ، میراثن کی بے سُری آواز۔

بنّو تیرا مکھڑا لاکھ کا رے

بنّو تیرا بیسر لاکھ کا رے

بنّو تیری نتھیا ہے ہزاری

بنّو تیری انکھیاں سرمے دانی

پھر ایک گھر، ایک خوبصورت خاوند، بچے، دفتر، انتظار، نوک جھونک، راز کی باتیں، تفریح۔

لیکن شبو بھائی آئی۔ اے۔ ایس آفیسر نہیں ہو سکے۔ سخت ذہنی الجھنوں میں گرفتار ہوئے۔ سارے خاندان میں، مورد الزام مہر النساء کو ٹھہرایا گیا اور پھر بدنامیاں گھر سے گلی اور گلی سے بازار پہنچیں۔ شبو بھائی دو تین عشقیہ تجربوں کے بعد ایک تجربہ کار عورت نما لڑکی کی گرفت میں آ گئے۔ اور پھر بمشکل کلرک ہوئے اور چار بچیوں کے باپ بننے کے بعد داڑھی بڑھالی۔ سخت مذہبی ہو گئے۔ مہر النساء کے بارے میں سوچنا بھی گناہ سمجھنے لگے۔ لیکن بیچاری مہر النساء کر بھی کیا سکتی تھی۔ اس نے جو نہیں کیا ان گناہوں کی

سزا جھیل رہی تھی۔ اب تو زندہ رہنے کے لئے شبو بھائی کو راجکمار کے روپ میں دیکھنا اس کی مجبوری تھی۔ اور ایسے میں جب دور سے آتی ہے فجر کی اذان کی آواز تو وہ ابا کے لئے وضو کا پانی رکھ دیتی ہے اور خود مصلّیٰ بچھا کر بیٹھ جاتی ہے کہ اب اکثر اسے وضو کی ضرورت بھی محسوس نہیں ہوتی۔ وہ دعا کے لئے ہاتھ نہیں اٹھاتی، صرف جھک کر کچھ سوچتی رہتی ہے۔ چاہتی ہے آنکھوں میں آنسو آئے لیکن یہ دعا بھی قبول نہیں ہوتی۔

اس روز کنّی کو اپنے ہاتھوں سے خوب سجایا سنوارا۔ اپنی بندیا اس کے ماتھے پر لگا دی۔ سورج کی کرنوں میں اس کا روپ اور بھی دمکنے لگا۔ ایسا لگا جیسے گھر کی کھوئی ہوئی رونق لوٹ آئی ہو۔ اس نے کبھی سوچا بھی نہیں تھا کہ کنّی اتنی خوبصورت بھی ہے۔ سپنوں کے راجکمار کی نگاہ پر مہر النساء کو رشک ہونے لگا تھا۔ اس روز کنّی کو بھوک بھی نہیں لگی۔ وہ امیدوں کے ساگر میں ڈوبتی چلی جا رہی تھی اور جب جب وہاں سے ابھرتی ہتھیلیاں موتیوں سے بھری ہوتیں۔ وہ کنارے پر کھڑی مہر النساء کی طرف سب کچھ اچھالتی جاتی۔ مہر النساء ساحل پر ہی مچلتی رہتی۔

شام سے ہی سپنوں کے راجکمار کا انتظار تھا۔ کنّی بار بار دریچے کی طرف دیکھتی اور پھر بے چینی کے عالم میں بوسیدہ کمرے میں ٹہلنے لگتی۔ مہر النساء اس کی بے بسی میں جینے کی آرزوؤں کو محسوس کرتے ہوئے بہت خوش تھی۔ وہ جانتی تھی کہ راجکمار وعدے کے مطابق رات کے پچھلے پہر آئے گا لیکن انتظار فیصلے کو مستحکم بنانے کے لئے ضروری تھا۔ اس نے کنّی کو نہیں سمجھایا کہ راجکمار رات کے پچھلے پہر آئے گا۔ اسے خوف تھا کہ کہیں کنّی سو نہ جائے کیونکہ وہ کھلی آنکھوں کی راجکماری کے لئے آنے والا تھا۔ نیند میں ڈوبی ہوئی کنّی کے لئے نہیں۔ کچھ اور رات گزرتی ہے۔ مہر النساء جان بوجھ کر بستر پر جا کر آنکھیں بند کر لیتی ہے اور وہ کنّی کی بے چینی کو محسوس کرتی رہتی ہے۔ کنّی اس دوران ابا

کے کمرے میں بھی جاتی ہے۔ انہیں بھی روز کی طرح مضمحل پاتی ہے۔ سوچتی ہے کہ کیسے انہیں زندہ کیا جائے۔ وہ تو اب زور سے کھانس بھی نہیں سکتے۔ نہ جانے ایک ٹک کیا دیکھتے رہتے ہیں۔ کسی کو ٹھیک سے پہچانتے بھی نہیں۔ آہٹوں پر چونکنے کا سلسلہ بھی بند ہو چکا ہے۔ کنّی کی آنکھوں میں تو آنسو ہیں۔ وہ اپنے تمام آنسوؤں کو آج اس گھر کی نذر کر دینا چاہتی ہے۔ باجی اسے نہیں دیکھ پا رہی ہیں۔ ابا بھی اس قابل نہیں کہ اسے پہچان سکیں۔ وہ ماتم تو کر ہی سکتی ہے۔ راجکمار کے آنے سے پہلے وہ گھر کی دہلیز کی مفلسی کو آنسوؤں سے دھو دینا چاہتی ہے۔ مہر النساء اسے رونے دیتی ہے۔ اس کے من کے بھاری پن کو دور ہونے دیتی ہے۔ اور پھر ایسے میں رات کا پچھلا پہر شروع ہونے لگتا ہے۔

راجکمار کی آمد کے لئے وہ چہرے کو مسکان سے بھر دیتی ہے۔ آنکھیں ایک دم کھلی رکھتی ہے۔ نیند سے کوئی رشتہ رکھنا نہیں چاہتی آج کی رات۔

اور ایسے میں آتا ہے راجکمار۔ وہ دھیرے دھیرے گھر کا دروازہ کھولتی ہے۔ راجکمار کے بڑھے ہوئے ہاتھوں میں خود کو سونپ دیتی ہے۔ اور پھر چاروں طرف اندھکار بکھیر کر وہاں سے غائب ہو جاتی ہے۔ مہر النساء بند آنکھوں سے ہر منظر کو سرکتے ہوئے محسوس کرتی ہے اور پھر دروازہ بند کرنے کے بعد مصلیٰ پر بیٹھ جاتی ہے۔ دعا کے لئے ہاتھ اٹھاتی ہے۔

راجکمار کنّی کو پریوں کے لباس میں شہر کی رونقوں کے سپرد کر دیتا ہے۔ کنّی مختلف ہاتھوں سے گزرتے ہوئے لال پری بن جاتی ہے۔ کنّی سب کچھ جانتی تھی۔ اس نے کھلی آنکھوں سے فیصلہ کیا تھا۔ ایسا نہیں کہ وہ خوش نہیں ہے کیونکہ راجکمار نے اپنا وعدہ پورا کر دیا ہے۔ مہر النساء کی عمر دس سال کم ہو گئی ہے۔ اسے اب اپنا بوڑھا راجکمار بھی یاد

نہیں آتا۔ ابا گھر میں رنگین ٹیلی ویژن پر فلمیں دیکھتے رہتے ہیں اور انہیں انتظار ہوتا ہے ڈاکیے کا، جو کنّی کے بھیجے ہوئے روپے لے کر آتا ہے۔

ہاں تو صاحبان۔۔۔ قدردان۔۔۔

یہ کھلی آنکھوں کے سپنوں کو پورا کرنے والا راجکمار کون ہے۔ وہ اپنے وعدے بھی حقیقتوں کے رنگ میں ڈھالنا جانتا ہے۔ بس ضروری ہوتا ہے یہاں بیٹی کا جنم۔ آپ کی بوسیدہ بستیوں میں بیٹیاں ہوں تو چہرے پر ہنسی لائیے۔ بہت رو چکے۔ بے حسی لائیے۔

صاحبان۔۔۔ قدردان۔۔۔!

(۱۳) سب کی کہانی ایک ہے

عامر حسینی

وہ رات کو دس بجے بس سٹینڈ پر پہنچ گیا تھا۔ اور پھر ایک گھنٹہ وہ بیٹھا رہا۔ تب کہیں جا کر بس آئی۔ وہ ڈیزرٹ رحیم یار خان جانا چاہتا تھا۔ وہاں اس کے دوستوں نے ایک تقریب رکھی تھی۔ وہ اس تقریب میں شرکت کرنے جا رہا تھا۔ اس کو اتنا لمبا سفر کبھی بھی بس میں کرنا اچھا نہیں لگتا تھا۔ وہ تو لمبے سفر کو ٹرین میں بیٹھ کر کرنے کا خواہاں رہا تھا۔ لیکن اس کا ملک تیسری دنیا کا وہ ملک تھا جہاں اچانک اور کمبائنڈ ترقی کا تجربہ اپنے عروج پر تھا۔ وہاں موٹروے تھی۔ فوج نے ایٹم بم بنا لیا تھا۔ بلیسٹک مزائل بنانے میں خود کفیل ہو چکی تھی۔ لیکن ریل وے کے پاس انجن نہیں تھے۔ ان کے پاس دیسل نہیں تھا۔ تو ٹرین بھی کسی وقت کی پابند نہیں رہی تھی۔ اس نے پھر بھی ریل وے اسٹیشن جا کر آزمائی کی تھی۔ لیکن اے بسا آرزو کہ خاک شدہ والا معاملہ ہی رہا۔ سو وہاں سے پھر بس ٹرمینل پر آیا۔ یہاں سے ایک پوش بس سروس کا ٹکٹ لیا۔ گاڑی لاہور سے آ رہی تھی۔ اس نے آگے کراچی تک جانا تھا۔ تو یہ ایک گھنٹہ لیٹ ہو گئی۔ گیارہ بجے گاڑی آئی۔ وہ اس میں سوار ہوا۔ اس کی سیٹ درمیان میں تھی۔ اور اس کی طرف کھڑکی تھی۔ رات کا وقت تھا۔ گاڑی اپنی منزل کی طرف چل پڑی۔ اس نے آئی پوڈ نکالا اور ہیڈ فون کو کان سے لگا لیا۔ آئی پوڈ کو نکالتے ہوئے اس کو اس کے موجد سٹیو جاب کا خیال آ گیا۔ کہ کیسے اس نے ایک سرمایہ دار سے کچھ پیسے لیکر ایپل کمپنی کی بنیاد رکھی تھی۔ اور پھر فون کی دنیا میں اور کمپیوٹر

کی دنیا میں اس نے انقلاب برپا کر ڈالا تھا۔ اس نے آئی پوڈ کی طرف عقیدت سے دیکھا اور تھوڑی دیر کے لئے سر کو جھکا لیا۔ سٹیو جاب مر چکا تھا۔ لیکن اس کی موجودگی کا احساس اس کو یہ آئی پوڈ دلا رہا تھا۔ آئی پوڈ پر گیت چل رہا تھا

تیری یاد ساتھ ہے

جاوید اختر نے یہ گیت لکھا تھا۔ اور راحت اپنی آواز کا جادو جگا رہا تھا۔ اس کو سفر میں یہ گیت بہت ہانٹ کرتا تھا۔ اس نے آنکھیں بند کر لیں۔ سر کو سیٹ سے ٹکا دیا۔ اور سوچوں کے سمندر میں گم ہو گیا۔

ابھی جب ہمارا یہ مسافر ذرا آنکھیں بند کئے ہوئے ہے۔ تو ہم اس کا فائدہ اٹھاتے ہوئے اپنے مسافر کا تعارف کرتے چلیں۔ یہ سید انور کاظمی ہے۔ شاعر بھی ہے۔ لیکن اس کی نظموں کو پاکستان کے لوگ زیادہ نہیں جانتے۔ اس نے ایک دور میں بہت سرگرم سیاست کی تھی۔ جب ملک میں ایک خادم اسلام حکومت پر براجمان تھا۔ جس کو سیاست سے ہی نہیں بلکہ فنون لطیفہ سے بھی بیر تھا۔ انور کاظمی ان دنوں یونیورسٹی میں پڑھ رہا تھا۔ اس کو آنکھوں کے خراب زاویے رکھنے والا اور ٹانگوں کے غیر جمالیاتی پھیلاؤ کا مالک امیر المومنین ایک آنکھ نہیں بھاتا تھا۔ اس نے ان دنوں ایک نظم "عقل سے بڑی بھینسیں" لکھی تھی۔ اس نے یہ نظم ملک میں ملٹری کورٹ بنانے پر لکھی تھی۔

عقل سے بڑی بھینسیں مسند عدالت پر فیصلے سناتی ہیں
بھونکتے ہیں وردی پوش، کاٹتی ہیں سنگینین
دس کروڑ لوگوں کو موت کی سزا دے دو

یہ نظم اس نے کیا لکھی۔ اس کا تو اس ملک میں جینا ہی دوبھر ہو گیا۔ وہ ایک دن چپکے سے ملک سے فرار ہو گیا۔ اور جرمنی جا پہنچا۔ وہاں ایک عرصۂ تک اس نے فرینکفرٹ میں

گزارا۔ سیاسی پناہ گزین کے طور پر۔ پھر جب بھٹو کی بیٹی بر سر اقتدار آئی تو وہ ملک واپس آ گیا۔ لیکن اس کو یہ ملک بہت بدلا، بدلا لگا۔ یہاں تو طبقہ بدلنے کی ایک دوڑ لگی ہوئی تھی۔ پلاٹ، پرمٹ، ایجنسی کا ٹھیکہ اور کوئی سفارشی نوکری۔ یہ تھی سیاست ان لڑکوں کی بھی۔ جن کے بالوں میں کہیں کہیں اب سیفدی جھلکتی تھی۔ اور وہ سب انقلاب کو بھول کر اپنے سماجی مقام کو تبدیل کرنے کو زور دے رہے تھے۔ اس کی محبوب لیڈر امریکہ سے بہتر تعلقات بنانے کے لئے ان سارے لوگوں کو بیک سیٹ پر جانے کا کہ رہی تھی۔ جو کبھی امریکی سامراج کے خلاف نعرے لگاتے تھے۔ اور بھٹو کی بیٹی ان کو بھٹو کے سپاہی کہتی تھی۔ اس نے مغربی جرمنی اپنے بعض سرخ ساتھیوں کو سبز ہوتے دیکھا تھا۔ وہ اچانک مغرب کی لبرل ڈیموکریسی اور فری مارکیٹ کے دلدادہ ہو گئے تھے۔ ان کو لگتا تھا جس ارضی جنت کی ان کو تلاش تھی۔ اس کو انھوں نے پالیا ہے۔

انور تو خود کو سیاسی پناہ گزین خیال کرتا تھا۔ اور وہ بس پیٹ کا اندھیں بھرنے اور بنیادی ضرورتیں پوری کرنے جتنی مزدوری کیا کرتا۔ ہر ہفتہ کو مختلف اخبارات کے دفاتر تک جاتا۔ پاکستان میں جمہوریت کی بحالی، سیاسی آزادی کے لئے مغرب کے جمہوریت پسندوں کے ضمیر پر تازیانے برساتے بیانات اور مضامین دیتا۔ ان سے سوال کرتا کہ ان کا ضمیر کہاں ہے۔ جو ایک امر اور بنیاد پرست کو مال دینے اور اس کو مدد دینے پر بھی خاموش رہتا ہے۔ ریگن کو وہ مولوی ریگن اور تھیچر کو وہ نن تھیچر کہا کرتا تھا۔ لیکن جب جمہوریت بحال ہوئی۔ اور وہ پاکستان بھاگا بھاگا آیا تو۔ یہاں کے حالات دیکھ کر اس کو سخت مایوسی ہوئی۔ اس نے ایک خاموشی سے واپس فرینکفرٹ کی فلائٹ پکڑی اور پاکستان چھوڑ دیا۔ واپس آکر بھی وہ بس زندگی کی گاڑی کو گھسیٹتا ہی رہا۔ پاکستان کی خبریں اس کو ملتی رہتی تھیں۔ جمہوریت کی آنکھ مچولی اچانک ۱۲ اکتوبر کو ایک جنرل نے ختم کر دی۔ یہ جنرل آیا تو

اس کی ایک تصویر اس نے جرمنی کے ایک بڑے اخبار میں دیکھی۔ دو کتے بغل میں دبائے وہ لبرل پوز کے ساتھ نظر آ رہا تھا۔ یار لوگوں نے اس کے ڈھمکوں وٹ دخترِ انگور کو پی کر تال پر جھومنے کو پاکستان سے رجعت پسندی سے نجات کی دلیل قرار دے ڈالا۔ وہ ہنستا تھا۔ اس کو نہ تو اے آر ڈی کے تماشے سے کوئی دلچسپی تھی۔ نا ہی اس کو فوجی کی لبرل مسخرہ گیری سے۔ لیکن جس دن راول پنڈی کی سڑک پر بھٹو کی بیٹی کا خون گرا تھا تو نہ جانے کہاں سے اس کے اندر کا وہی جیالہ انور بیدار ہو گیا تھا۔ جو اس کی جوانی کے سورج کے نصف النہار پر اس کے عمل اور قول سے جھلکتا رہتا تھا۔ وہ گڑھی خدا بخش کے قبرستان جا کر رویا بھی تھا۔ لیکن اس نے دیکھا کہ یہ خون بھی ملک کی سیاست میں کوئی تبدیلی لانے سے قاصر رہا تھا۔ وہ جرمنی سے واپس جب آیا تھا تو اس نے اپنا لیپ ٹاپ آن کیا اور پھر فیس بک کھولی تو اس کے دوست ریاض نے اس کو ایک فوٹو ارسال کی تھی۔ اس فوٹو میں ملک کے وزیر داخلہ رحمان ملک کو ڈاکٹریٹ کی اعزازی ڈگری لیتے دکھایا گیا تھا۔ تصویر میں کھڑے ایک مرد اور عورت کو پہچانتا تھا۔ یہ تو ۷۰ میں اس کے ساتھ سرخ سرخ سیاست کرتے رہے تھے۔ اور انور کی کم علمی کا مذاق اڑایا کرتے تھے۔ آج ایک جاہل کو ڈاکٹریٹ کی ڈگری دیتے ہوئے بہت خوش نظر آتے تھے۔ اس نے سوچا کے ریاض کو بھی یقین نہیں آتا ہو گا کہ لوگ ایسے بھی بدل جاتے ہیں۔ اس نے فیصلہ کیا تھا کہ کراچی جا کر ریاض کو ضرور کہانی سنائے گا کہ کیسے اس کے کئی دوست بدل گئے تھے۔

اسے منیر نیازی کا شعر یاد آیا

آنکھوں میں پھر رہی ہے لٹی محفلوں کی دھول
عبرت سرائے دھر ہے، اور ہم ہیں دوستو

لٹی محفلوں کی دھول بھی آنکھوں میں رڑک بن کر جب پھرتی ہے۔ تو تکلیف ہو

بھی تو بتائی نہیں جاتی۔ بہت دور کسی رستے پر جا کر اچانک پتہ چلتا ہے کہ یہ رستہ تو کوئی اور رستہ تھا۔ اس وقت چہرے پر پہلے اداسی اور ملال کے رنگ صاف نظر آتے ہیں۔ ہمارا یہ مسافر ابھی کیوں کہ تھکا ہوا ہے۔ اس لئے سو رہا ہے۔ اس کا سر ساتھ والی سواری کے کندھوں پر جا لگا تھا۔ اس کے ساتھ بیٹھا ہوا مسافر کوئی بہت نرم دل والا لگتا تھا۔ جو خاموش تھا۔ اس کی جگہ کوئی اور ہوتا تو اب تک کہ چکا ہوتا کہ اپنے سہارے پر نیند پوری کیجئے۔ ویسے ہمارا یہ مسافر جاگ رہا ہوتا تو شائد ابھی تک وہ بھی معافی کا طلبگار ہو جاتا۔ اس مرتبہ جب وہ پاکستان آیا تھا تو پاکستان میں اس کو یہ تبدیلی لگی تھی کہ اس ملک کا مڈل کلاس طبقہ کی نوجوان پرت انقلاب اور تبدیلی کی بات کر رہی تھی۔ ان میں اکثر نوجوان وہ تھے۔ جو اس کے زمانے میں جی سی لاہور یا ایف سی لاہور میں پڑھا کرتے تھے۔ اور اس زمانے کے فیشن کے مطابق وہ یا تو ہپی ازم کے دلدادہ ہوا کرتے تھے۔ یا بہت کیا تو سوشلسٹ ہو جاتے تھے۔ برگرسی یہ کلاس ان دنوں بھی انقلاب کی بات کرتی تھی تو بہت عجیب لگتا تھا۔ انور جیسے بہت سارے لڑکوں کی سمجھ میں یہ نہیں آتا تھا کہ ان کو کون سے دکھ اور تضاد اس لڑائی میں گھسیٹ لائے ہیں۔ آج کی یہ برگر کلاس بھی اس کو انقلاب کے سلوگن کے ساتھ بڑی عجیب لگی تھی۔ لاہور میں مینار پاکستان کے سائے میں کرکٹ کے سابق ستارے کی قیادت میں برگر فیملیز کے لڑکوں اور لڑکیوں کا جم غفیر تھا۔ اور ان میں بہت سے لوئر مڈل کلاس کے لڑکوں اور لڑکیوں کا ہجوم بھی تھا۔ جو برگر فیملی کے بچوں کی ڈریسنگ اور بولنے کے انداز سے ویسے ہی متاثر ہوئے جاتے تھے۔ جیسے کبھی انور اور اس کے ساتھی ہو جاتے تھے۔ ان کی آنکھوں میں رشک اور چند خواب اچانک سے آ کر جو چمکنے لگتے تھے۔ اس سے انور کو ایک ہی جلسہ میں ایک طبقے کی دو پرتوں کے درمیان کا فرق خوب معلوم ہو رہا تھا۔ بس اس مرتبہ فرق یہ تھا کہ اس جلسہ میں بھٹو کے ۷۰ والے

اور اس کی بیٹی کے ۸۶ والے جلسوں کی طرح مزدوروں، کسانوں اور غریبوں کی وہ پرتیں موجود نہ تھیں۔ جن کے بدن کی نیم عریانی چھپائے نہ چھپتی تھی۔ ان میں ٹپکتی چھت والا کوئی نہ تھا۔ ان میں جھگی میں رہنے والا کوئی نہیں تھا۔ ریلوے کی پٹڑی کے ساتھ ساتھ بسنے والی بستیوں کے مکینوں میں سے کوئی ادھر نہ تھا۔ وہ سارے لوگ کہاں گئے تھے۔ انقلاب اور تبدیلی جن کے سلوگن ہوا کرتے تھے۔ یہ وہ ملک تھا جس میں سرکاری اعداد و شمار کے مطابق ۴۰ فیصد لوگ سطح غربت سے نیچے زندگی بسر کر رہے تھے۔ شہری غریبوں کی شمولیت اس میں نہ تھی۔ یہ ایک نئی مڈل کلاس تھی جو ۹۰ کی دہائی میں ابھر کر سامنے آئی تھی۔ اب اس مڈل کلاس کی نئی نسل تبدیلی کے سلوگن کے ساتھ آ گئے تھی۔

بس اپنے مقررہ رستے پر رواں دواں تھی کہ اچانک بریک لگنے سے زور کا جھٹکا لگا اور ہمارے مسافر کی آنکھ کھل گئی۔ انور نے کھڑکی میں سے جھانک کر دیکھا۔ گاڑی بہاول پور پہنچنے وی تھی۔ بس ہوسٹسس کہ رہی تھی کہ وہاں بس ٹرمینل پر پندرہ منٹ کا سٹاپ ہو گا۔

بس ٹرمینل میں داخل ہو گئی۔ آسمان پر بدل چھائے ہوئے تھے۔ انور باہر نکلا اور ویٹنگ روم میں جانے کی بجائے باہر کھڑا ہو گیا۔ اس نے جیب سے سگریٹ کیس نکالا اور سگریٹ پینا شروع کر دی۔ بادلوں سے چاند آنکھ مچولی کھیل رہا تھا۔ ستارے آسمان میں کہیں نظر نہیں آ رہے تھے۔ انور کو بہاول پور کی رات ویسے بہت پسند تھی۔ ریاست کے پورے علاقے میں اس کو چاندنی راتوں سے عشق سا تھا۔ ایک مرتبہ جب وہ ضیاء آمریت سے بھاگا پھر رہا تھا تو اس نے کافی دن اور راتیں بہاول پور میں گزارے تھے۔ یہاں قائد اعظم میڈیکل کالج سرخوں کا گڑھ تھا۔ آج اتنے عرصے کے بعد بس ٹرمینل پر کھڑے۔ رات کے اس پہر میں اور بادلوں کی چاند سے آنکھ مچولی دیکھ کر اس کو کئی کہانیاں سی یاد آ

کر رہ گئی تھیں۔

اس کو بے اختیار میڈ کل کالج کی نہال اختر کی یاد آئی تھی۔ وہ بھی مفروری کے دن کاٹ رہی تھی۔ وہ بھی عجب دن تھے۔ جب دانشوروں کی ایک پرت بہت جوش میں تھی۔ نہال اختر نے تازہ تازہ پولینڈ کا دورہ کیا تھا۔ وہاں کے دانشوروں نے ایک تحریک آمریت کے خلاف چلائی ہوئی تھی۔ وہ بھی بس اسی سے متاثر ہو کر نکل پڑی تھی۔ غضب کی تحریریں لکھتی تھی۔ ضیاء کو مینڈک جیسی آنکھوں والا قرار دے ڈالا تھا۔ ہندو صنمیات کے کردار راون اور راکھشس سے اس خادم اسلام کو تعبیر کرنا بہت بڑا جرم تھا۔ بس مارشل لاء کا حکم نمبر ۱۹ کی زد میں آگئی تھی وہ۔ سرو جیسا قد۔ غزال جیسی آنکھیں ،کتاب جیسا چہرہ، ہرنی جیسی چال، تتلی سی کمر، یہ بڑی بڑی آنکھیں، ان پر پڑی جھالر، کمان کی طرح کھنچی ابرو۔ غرض ایک شاعر کے لئے وہ سارے سامان رکھتی تھی۔ جو شاعری میں بطور مواد کا کام کرتے ہیں۔ مگر وہ یہ سب چھوڑ چھاڑ سیاست کی پر خار وادی میں آنکلی تھی۔ سیکولر تھی۔ مذہب سے بیزار تھی۔ آزاد خیال تھی۔ مگر یہ آزاد خیالی وہ نہیں تھی۔ جو جماعت اسلامی کا ہر صالح جوان اپنے گرد لوگوں کو بتلایا کرتا تھا۔ جمعیت کے لڑکوں کی اس سے جان جاتی تھی۔ پچھلی مرتبہ جب وہ جرمنی سے فرانس گیا تھا۔ تو پیرس میں اس کی ملاقات خالد احمد سے ہو گئی تھی۔ تو اس نے انور کو بتایا تھا کہ "یار! تم کو معلوم ہے کہ نہال اختر فرانس میں حزب اللہ کی خواتین ونگ کی انچارج بن گئی ہے۔ اور وہ حجاب لینے لگی ہے۔ ساتھ ساتھ درس قرآن بھی دیتی ہے۔" یہ سب سن کر انور کو بہت حیرانی ہوئی تھی۔ خالد اس کو نہال اختر سے ملانے لے گیا تھا۔ وہ پیرس کے پوش علاقے میں رہ رہی تھی۔ بہت خوبصورت فلیٹ تھا اس کا۔ ڈرائنگ روم میں نجف اشرف، روضۂ امام حسین ،روضۂ بیبی زینب کی تصویر لگی تھیں۔ ایک طرف دیوار پر تلوار ذوالفقار کا نقش بنا ہوا تھا۔

یہ سب دیکھ کر اس کو بہت اچنبھا ہوا تھا۔ پھر جب ایک سیاہ عبایا میں لپٹی اور چہرے پر حجاب لئے جس میں سے صرف آنکھیں جھلک رہی تھیں نہال ڈرائنگ روم میں داخل ہوئی تھی۔ تو اس کو دیکھ کر یقین نہیں آتا تھا کہ یہ وہی نہال ہے جس کی مذہب بیزاری کے قصے زبان زد عام ہوا کرتے تھے۔ اور آج وہ حزب اللہ جیسی کٹر بنیاد پرست جماعت کے ساتھ کھڑی تھی۔ انور نے اس سے ماضی کے بارے میں کچھ نہیں پوچھا تھا۔ اس کے ذہن میں جرمنی میں ایک کیمونسٹ کی باتیں گھوم رہی تھیں۔ جس نے اس کو کہا تھا کہ یار یہ جو مڈل کلاس ہوتی ہے نا۔ اس کے کردار کی چینج بہت مشکل ہوتی ہے۔ یہ کچھ بھی کر سکتی ہے۔ کئی بھیس بدل لیتی ہے۔ اور ہر کردار جم کر اور ڈوب کر کرتی ہے۔ نا جانے نہال اختر کیوں ایسے اس کیمونسٹ کی کہی ہوئی بات کا مصداق لگی تھی۔ اس کو خیال آیا تھا کہ کہیں اس نے نہال کو دیکھ کر تو یہ سب نہیں کہا تھا۔ وہ انہی خیالوں میں گم سگریٹ کے مرغولے اڑا رہا تھا۔ کہ اس کے کندھے پر کسی نے ہاتھ رکھ رکھا۔ اس نے پیچھے مڑ کر دیکھا تو یہ اس کے ساتھ والا مسافر تھا۔ اس نے کہا۔ دوست گاڑی سفر کے لئے تیار کھڑی ہے۔ اس نے تشکر بھری نگاہ سے اپنے ہمسفر کو دیکھا۔ سگریٹ کو پاؤں سے مسلا اور گاڑی کی طرف چل دیا۔

گاڑی اپنے رستے پر رواں دواں تھی۔ خیالوں کی یلغار تھی جو اس کو گھیرے ہوئے تھی۔ وہ یونہی خیالوں میں گم تھا۔ کہ کب احمد پور شرقیہ کا ٹول پلازہ آگیا۔ نوابوں کا یہ ڈیرہ۔ جس کو ڈیرہ نواب صاحب بھی کہتے ہیں۔ اب وہ شان و شوکت نہیں رکھتا۔ جو کبھی رکھا کرتا تھا۔ بلکہ یہ تو انتہائی پسماندہ قصبے میں بدل چکا تھا۔ اس کو یاد تھا کہ ایک مرتبہ وہ یہاں دو راتیں رہا تھا۔ وہ برسات کے دن تھے۔ تو سارا احمد پور جوہڑ میں بدلا ہوا تھا۔ وہ جہاں ٹھہرا ہوا تھا۔ وہ صاحب بہت عالم فضل تھے۔ جج تھے۔ مگر جمہوریت کے بہت حامی تھے۔ ان کا گھر سرکار کے مفروروں کی جائے پناہ بنا ہوا تھا۔ گاڑی جہاں سے گزر رہی

تھی۔ وہاں کنارے پر سی این جی فلنگ اسٹیشن اور جدید گیسٹ ہاؤس تھے۔ ایک پر لکھا تھا فوڈ کلب۔ وہ یہ ترقی اور پستی کی ساتھ ساتھ ہونے کی کہانی پورے پاکستان میں دیکھ چکا تھا۔ لیکن پنجاب سے نکلتے ہوئے سرائیکی بیلٹ میں آتے ہوئے یہ ساتھ کچھ زیادہ ہی گھمبیر صورت اختیار کر لیتا تھا۔

بس صبح پانچ بجے چوک بہادر میں بنے بس ٹرمینل پر پہنچی۔ وہاں پر اس کو لینے رئیس بہادر آئے ہوئے تھے۔ رئیس اس کا یونیورسٹی فیلو تھا۔ اور جب وہ جرمنی سیاسی پناہ میں گیا تھا تو رئیس وہاں موجود تھا۔ وہ رحیم یار خان کی ایک جاگیر دار فیملی کا چشم و چراغ تھا۔ رئیس نے اس کو سختی اور مشکل کے دنوں میں بہت سہارہ دیا تھا۔ ان کی دوستی بہت گہری ہو گئی تھی۔ رئیس بہت نیک دل اور یاروں کا یار تھا۔ وہ کہیں جاتا یا نہ جاتا۔ پاکستان آ کر رئیس کے پاس ضرور رکتا تھا۔ اس مرتبہ رئیس نے اس کو ڈیزرٹ لے کر جانا تھا۔ رئیس اپنی لینڈ کروزر لیکر آیا تھا۔ بس سے اترا تو رئیس اس ک گرم جوشی سے ملا۔

انور سائیں! لگتا ہے عمر کا ایک پھر تم پر آکر ٹھہر گیا ہے۔ لگتا ہی نہیں ہے کہ تم عمر کی پچاسویں سیڑھی پر قدم رکھ چکے ہو۔ "رئیس نے اس کو دیکھ کر کہا۔

انور کے چہرے پر پھیکی سی مسکراہٹ تھی۔ یہ دیکھ کر رئیس بولا۔ یار! تم بس میں بیٹھ کر حسب معمول خیالوں کی گھاٹیوں میں اتر گئے ہوں گے۔ اور سالوں کا سفر چند گھنٹوں میں طے کر گئی ہوں گے۔ یہ سن کر انور پھر مسکرایا۔ اور آہستہ سے بولا۔

"رئیس! یاد ماضی ہم جیسے افتاد گان خاک کے اعذاب ہوا کرتی ہے۔ یہ تم جیسے عرش نشینوں کے سمجھ میں آنے والی بات نہیں ہے۔"

رئیس اور انور دونوں گری میں بیٹھ گئے۔ اور بس باتوں ہی باتوں میں رئیس کا بنگلہ آ گیا۔ وہ تھکا ہوا سا تھا۔ رئیس نے اس کو آرام کرنے کو کہا۔ وہ جاتے ہی مہمان خانے میں

ایک کمرے میں سو گیا۔ اور اس کو شام کو رئیس نے اٹھایا۔ اور کہا بابا بس کرو۔ اب اٹھو۔ نہاؤ اور فریش ہو کر ڈرائنگ روم میں چلے آؤ۔ ڈیزرٹ چلنا ہے۔ وہ فریش ہو کر ڈرائنگ روم میں آیا تو یہاں دو مرد اور ایک عورت موجود تھی۔ رئیس نے طرف کرایا۔

ان محترمہ سے ملو! یہ میری خالہ کی بیٹی ہیں۔ سٹیٹس سے پڑھی ہیں۔ ان کا نام صوت فاطمہ ہے۔ سوشیالوجی میں پی یہ ڈی کے ہوئے ہیں۔ کل آئی ہیں۔ بس ڈیزرٹ دیکھنے کا شوق ہے۔ اور یہ طارق ہیں۔ رئیس نے ایک فربہ سے آدمی کی طرف اشارہ کیا۔ یہ انکم ٹیکس افسر ہیں۔ یہ مراد علی ہیں۔ فروٹ بزنس سے وابستہ ہیں۔ اور دوستو! یہ انور کاظمی ہے۔ میر ایار !اور آپ کی پر خار سیاست کا ایک بھولا بسرا کردار۔ صوت فاطمہ یہ سن کر چونکی۔ اور کہنے لگیں۔ اوہ! آپ ہیں وہ۔ رئیس نے مجھے امریکہ میں تمہاری بہت سی باتیں باتیں تھی۔ میں آپ سے ملنے کی مشتاق تھی۔

انور نے بس شکریہ کہنے پر اکتفا کیا۔ وہاں جو بھی باتیں ہوتی رہیں۔ اس میں وہ ہوں ،ہاں سے زیادہ اضافہ نہیں کر سکا۔ پھر اتنے میں ملازم نے آکر کہا کہ سامان گاڑیوں میں رکھوایا جا چکا ہے۔ دو گاڑیوں میں سے ایک میں بس صوت فاطمہ اور انور تھے۔ جب کہ دوسری گاڑی میں رئیس اور اس کے دونوں دوست بیٹھ چکے تھے۔ گری جب پورج سے کھلے صحن کی طرف آئی تو اس نے دیکھا کہ آسمان سیاہ بادلوں سے ڈھکا ہوا تھا۔ ہلکی ہلکی پھوار پر رہی تھی۔ گاڑی شہر کی مختلف سڑکوں سے ہوتی ہوئی۔ کینٹ میں داخل ہو گئی۔ اور پھر ڈیزرٹ والے رستے کی طرف چل پڑی۔ فاطمہ بولی! یہ سڑک متحدہ عرب امارات کے خلیفہ نے بنوائی تھی۔۔ رستے میں اس کا محال بھی آیا تھا۔ خلیفہ اور اس کے دیگر لوگ اس علاقے میں آرام کرنے آتے تھے۔ اور پھر کئی کہانیاں سینہ بسینہ بھی چلی آتی تھیں۔ فاطمہ اس کو کہنے لگی کہ کیسے غربت اور مجبوریاں ان عیاش بادشاہوں کو ان داتا اور غریب

پرور ہونے کا خطاب دلا جاتی ہیں۔ انور فاطمہ کے منہ سے یہ الفاظ سنکر چونکا تھا۔ اور اس نے فاطمہ کے چہرے کی طرف دیکھا تھا۔ جو شدت جذبات سے سرخ نظر آتا تھا۔ وہ اپنے غصہ کو دبانے کی کوشش کر رہی تھی۔

انور نے اس سے پوچھا کہ وہ کیوں اس سے ملنا چاہتی تھی۔ تو فاطمہ کہنے لگی کہ وہ جب امریکہ پڑھنے گئی تو وہاں ایک فلسطینی لڑکی اس کی دوست بن گئی تھی۔ جو کہ سوشلسٹ تھی۔ وہ اس سے پہلے سیاست کو بالکل پسند نہیں کرتی تھی۔ یہ لیلیٰ احمد تھی جس نے اس کو اس رستہ پر ڈالا تھا۔ اس نے امریکی معاشرے میں پائے جانے والے طبقاتی اور نسلی تضاد سے اس کو روشناس کرایا تھا۔ اس نے نیو یارک کی تنگ و تاریک گلیوں میں اور کسی متروک سب وے یا متروک گٹر لائن میں زندگی کو جبر مسلسل کی طرح کاٹتے کالوں کو دیکھا تھا۔ اور پھر امریکی سرمایہ کی چکا چوند میں زندگی بسر کرتے راک فیلروں کو بھی۔ تو اس کو احساس ہوا تھا کہ کیسے یہ فرق تو ہر جگہ موجود تھا۔ چند لوگوں کے پاس سب کچھ تھا۔ اور اکثریت کے پاس کچھ نہ ہونے کے برابر۔ اور وہ اس پر بھی لڑ رہے تھے۔ بس یہیں سے میری کیا کلپ ہو گی۔ میں نے چند کو چھوڑا اور اکثریت کے ساتھ ہو گئی۔ میں سٹیٹس میں سوشلسٹ ورکرز پارٹی کے ساتھ ہوں۔ لوگ ہمیں دیوانہ اور نہ جانے کیا کچھ کہتے ہیں۔ لیکن ہمیں کوئی پرواہ نہیں ہے۔ رئیس وہاں آیا تھا۔ تو اس نے دیکھا کہ میرا فلیٹ تو کمیون بنا ہوا ہے۔ تو اس نے میری باتیں سنی تو کہنے لگا کہ تم بھی مجھ کو دوسری انور کاظمی لگتی ہو۔ میں نے اس سے تمہارے بارے میں پوچھا تو اس نے جو بتایا۔ وہ تو ہم سے بہت قریب تھا۔ یہ کہہ کر صوت فاطمہ خاموش ہو گئی۔

اتنے میں گاڑی ڈیزرٹ میں داخل ہو گئی۔ رئیس وغیرہ بھی اتر آئی تھے۔ موسم بہت سہانا تھا۔ شام کا اندھیرا ابھی پھیلنے لگا تھا۔ رئیس کے دو ملزموں نے گاڑی سے سامان

نکالا۔ اور پھر انھوں نے تھوڑی دائر میں دو خیمے نسب کر ڈالے۔ اس کے دوست رات کو گاڑی میں لگی سرچ لائٹ کی مدد سے شکار کھیلنا چاہتے تھے۔ صوت فاطمہ نے کہا کہ اس کو شکار سے کوئی دلچسپی نہیں ہے۔ انور کو بھی نہیں تھی۔ رئیس ہنس کر بولا کہ آپ ذرا دماغ سوزی کرو۔ ہم شکار سوزی کرتے ہیں۔ دور دور تک صحرا کی ریت پھلی ہوئی تھی۔ صوت فاطمہ ڈارک مالٹائی کلر میں صحرا میں کھڑا کوئی صحرائی درخت لگ رہی تھی۔ وہ دونوں ریت کے ٹیلوں کے درمیان چلنے لگے۔ اور پھر ایک ٹیلے پر جو نسبتاً اونچائی پر تھا جا کر صوت فاطمہ بیٹھ گئی۔ وہ دور کہیں دیکھ رہی تھی۔ انور نے اس کو واپس لانے کے لئے ہلایا۔ وہ چونک گئی۔

کیا سوچ رہی تھیں؟ انور بولا

میں سوچ رہی تھی کہ یہ صحرا کس قدر خاموشی کے ساتھ چند اجنبی لوگوں کی آمد کو برداشت کے ہوئے ہے۔ جبکہ انسانوں کے ہاں یہ دستور نہیں ہے۔ وہاں تو ہجرتوں کے سلسلے بھی اب و دانہ کی تلاش میں ہوتے ہیں۔ یا قبضہ گیری لوگوں کو گھر سے بے گھر کر دیتی ہے۔ ہم تو مہاجر کونجوں کو بھی صحیح سلامت واپس وطن جانے نہیں دیتے۔

انور بولا ٹھیک کہتی ہو۔ فاطمہ انسانوں کے ہاں جب سے تقسیم شروع ہوئی تب سے کسی ہجرت کو خوش آمدید کہنے کا سلسلہ بھی ختم ہو گیا۔ اب ہجرتیں مرضی سے نہیں بلکہ جبری طور پر ہوتی ہیں۔ مرضی سے تو بس سرمایہ حرکت کرتا ہے۔ اس کا جہاں دل کرتا ہے چلا جاتا ہے۔ منڈی کی دنیا میں آزادی بس اسی چیز کا نام ہے۔

انور اور فاطمہ نے اس رات بہت سے باتیں کی تھیں۔ صبح کب ہوئی۔ کب وہ واپس آئی اور کب وہ جرمنی اور امریکہ میں اپنی اپنی منزلوں کو روانہ ہوئے۔ ان کو یاد نہیں تھا۔ ایک جست میں لگتا تھا یہ سارا سفر ہو گیا تھا۔ لیکن دونوں کو لگتا تھا کہ وہ اپنا کچھ بلکہ بہت

کچھ وہیں صحرا میں چھوڑ آئی تھے۔ یہ بہت کچھ کیا تھا؟ دونوں کی سمجھ میں نہیں آتا تھا۔

نیویارک میں بروک لین کی ایک گلی میں ایک سٹریٹ میں صوت فاطمہ کے فلیٹ پر وال سٹریٹ پر قبضہ کرلو تحریک کے تحت کل کے جلوس کی تیاری ہو رہی تھی۔ سٹرٹیجی کی بات تھی۔ فاطمہ نے کچھ تجویزیں دین اور پھر چھپ ہو گئی۔ بیٹھے بیٹھے وہ اسی ڈیزرٹ میں پہنچ گئی۔ انور کو وہاں دیکھنے لگی۔

ادھر انور ارجنٹائن میں بیونس آئرس میں ایک کیفے میں بیٹھا تھا۔ وہ یہاں اپنے محبوب رائیٹر پاؤلو کوہلو کے ایک پروگرام میں شریک ہونے کے بعد اس کے ساتھ کافی پینے چلا آیا تھا۔ کوہلو اس کو اپنی محبوبہ کی کہانی سنا رہا تھا۔ کہ کیسے وہ اس کو اس سفر میں ملی تھی جو اس نے نروان پانے کے لئے کیا تھا۔ وہ دیوار گریہ کے قرین یروشلم میں ملے تھے۔ وہاں اسرائیلی تاریخ سے لیکر صیہونیت تک کی تاریخ کا سفر انھوں نے اکٹھا کیا تھا۔ بس اسی سفر کے دوران ان کو ایک دوسرے سے محبت ہو گئی تھی۔ اور وہ ایک ہو گئے تھے۔

یہ سن کر انور نے وہیں بیٹھے بیٹھے صوت فاطمہ کا نمبر ڈائل کرنے کے لئے موبائل نکالا تو اس پر پہلے ہی سکرین پر صوت فاطمہ کا نمبر چمک رہا تھا۔ اس نے یس کا بٹن پش کر کے ہیلو کہا تو آگے سے فاطمہ بولی۔

"انور تم تھے کہتے تھے کہ سب کی کہانی ایک ہے۔ میں جرمنی آنا چاہتی ہوں۔"

انور یہ سن کر بولا میں بھی تمھیں یہی کہنا چاہتا تھا۔ نہ تم جرمنی آؤ، نہ میں امریکہ۔ ہم دونوں پھر اسی ڈیزرٹ میں اکٹھے ہوں گے۔ اور اس مرتبہ ہجرت جبری نہیں بلکہ مرضی کے ساتھ ہو گی۔

***